口づけの行方

ダイアナ・パーマー 作

氏家真智子 訳

ハーレクイン・ディザイア

東京・ロンドン・トロント・パリ・ニューヨーク・アムステルダム
ハンブルク・ストックホルム・ミラノ・シドニー・マドリッド・ワルシャワ
ブダペスト・リオデジャネイロ・ルクセンブルク・フリブール・ムンバイ

WINTER ROSES

by Diana Palmer

Published by Harlequin Japan,
a Division of K.K. HarperCollins Japan, 2016

ダイアナ・パーマー

シリーズロマンスの世界で今もっとも売れている作家の1人。総発行部数は4200万部を超え、各紙のベストセラーリストにもたびたび登場している。かつて新聞記者として締め切りに追われる多忙な毎日を経験したことから、今も精力的に執筆を続ける。大の親日家として知られており、日本の言葉と文化を学んでいる。ジョージア州在住。

主要登場人物

アイヴィ・コンリー……………学生。
レイチェル・コンリー…………アイヴィの姉。
ジェリー・スミス………………レイチェルの恋人。
メリー・ヨーク…………………アイヴィの親友。
スチュアート・ヨーク…………牧場主。メリーの兄。
ヘイズ・カーソン………………保安官。
キャッシュ・グリヤ……………警察署長。

1

　アイヴィは講義に遅刻しそうだった。彼女の携帯電話の番号を知っているのは、仲のよい女友達と姉のレイチェルだけだ。その姉から電話がかかってきたのは、アイヴィがカレッジで講義を受けるために出かけようとしていたときのことだった。話の内容は急を要するものではなかったが、自己中心的なレイチェルは、電話をかけてくるときも妹の都合などおかまいなしだった。

「レイチェル、急がないと講義に遅刻してしまうわ」アイヴィはグリーンの瞳を陰らせ、顔にかかった長いプラチナ・ブロンドの髪をかきあげた。「今日は試験があるのよ」

「試験があろうとなかろうと、わたしには関係ないわ。いいこと、父さんの資産の整理がすんだら、すぐに小切手を送ってよこしなさい！　そもそも、カレッジに通うこと自体がお金の無駄なのよ。ヘティおばさんもどうかしているわ。姉のわたしを無視して、あなたひとりに遺産を相続させるなんて」

　亡くなった父親が遺《のこ》したものは、すべて姉のレイチェルに取られてしまったので、アイヴィは父親の葬儀費用を捻出《ねんしゅつ》するのに苦労した。大おばのヘティがささやかな遺産を遺してくれたのは、アイヴィにとって不幸中の幸いだった。

　一カ月前に父親がこの世を去ってから、アイヴィとレイチェルは今日のようなやりとりを幾度となくくりかえしてきた。アイヴィが家族で暮らしていた家を出たのは、亡くなった父親が全財産をレイチェルに譲るという遺言を遺したせいだった。

　にもかかわらず、アイヴィは今でも父親の死を悼んでいた。病に倒れた父親の最期をみとったのは妹のアイヴィだったが、父親は姉のレイチェルを溺愛《できあい》し、先祖代々受け継がれてきた宝石類をすべて姉に与えた。面倒な家事や雑用はアイヴィの役目だった。アイヴィがたまにデートに出かけると、いつもレイチェルが邪魔をした。レイチェルはさえない妹からボーイフレンドを奪うことが楽しくてしかたがなかったのだ。レイチェルが舞台女優になるためにニューヨークへ行くと言い出したとき、父親は家を担保に入れて借金までして都会暮らしを援助した。その結果、一家の生活費は極限まで切りつめられ、アイヴィが新しい服を買う余裕すらなくなった。アイヴィはあまりにも不公平な扱いにたまりかねて抗議したものの、〝美人の姉さんにやきもちを焼くのはみっともない〟と父親に一蹴《いっしゅう》されてしまった。

　レイチェルは自分のことしか考えていなかったが、ふだんは父親を敬愛しているふりをした。そして、妹のアイヴィが夜遊びをしているとか、アルバイト先で盗みを働いたとか、とんでもない嘘《うそ》を父の耳に吹きこんだ。アイヴィがどれだけ否定しても、父は信じてくれなかった。

「簿記の資格を取れば自立できるわ」アイヴィは静かな声で言った。

「自立なんかしなくたって、リッチな男を捕まえて結婚すればいいじゃない。よほど目が悪い人でない限り、あなたなんか相手にしないでしょうけど」レイチェルが笑った。「そもそも、テキサスのジェイコブズビルなんて田舎町で、未来の夫を見つけようとするのが間違っているのよ」

「わたしは結婚相手を探すためにここにいるわけじゃないわ。職業訓練を受けるためにいるのよ」

「そうだったわね。かわいそうな子」レイチェルが音をたてて酒をすすった。「わたし、明日オーディションを二つ受ける予定なの。一つは、ブロードウエイで上演される新作劇の主役を決めるオーディションよ。演出家はジェリーの知り合いだから、きっと受かるわ」

「あら、ジェリーは姉さんを働かせたくないはずじゃなかった？」

電話の向こうで沈黙が流れた。「ジェリーはただ、わたしがそばにいるだけで満足なのよ」

「彼は姉さんを麻薬づけにしているだけだわ」アイヴィはつぶやいた。ドラッグの売人をしているジェリーは新しい顧客を得るために、人目を引く容姿のレイチェルをあちこちのパーティへ連れていった。レイチェルは舞台女優になるつもりでいるものの、ドラッグをやっているときは芝居のせりふはもちろん、自分の名前さえ覚えていられないありさまだった。ジェリーに影響されたのか、酒も浴びるように飲んでいた。

「ジェリーはちゃんとわたしの面倒を見てくれているわ。一流のスタッフは、みんな彼の知り合いなのよ。今度、新作の喜劇を手がけるプロデューサーに紹介してもらう約束なの。わたし、何がなんでもブロードウェイの舞台に立ってみせるわ。だから、お説教はやめてちょうだい！」

「わたしはお説教なんて……」

「あなたはいつもジェリーの悪口ばかりね」

「姉さん、彼がわたしに何をしようとしたか忘れたの？」父親が亡くなってすぐ、レイチェルは一度だけジェリーをともなって帰郷した。そして、父親の遺体を火葬にし、先立った妻と同じ墓に葬るという内容の書類に手早く署名した。心優しいアイヴィは自分をないがしろにした父親の死を嘆き悲しんだが、レイチェルは葬儀のときにハンカチを口元に押しあてて泣きまねをしてみせただけだった。レイチェルがやることは、すべて偽りなのだ。

「ジェリーは、あなたにドラッグを与えたことは一度もないと言っているわ」

「姉さん！」アイヴィは声を荒らげた。「わたしは嘘をついてなんかいないわ。ジェリーはね、わたしがいつものんでいる偏頭痛の薬を強力なドラッグにすりかえたのよ。わたし、口に入れる寸前におかしいと気づいて、一つ残らずジェリーに投げ返してやったわ。あの人は、面白半分にわたしまで姉さんみたいな麻薬中毒にしようとしたのよ」

「子供じみたことを言わないで。わたしは麻薬中毒じゃないわ！ 今は誰もがドラッグをやっている時代なのよ。あなたが住んでいる田舎町の人間だって例外じゃないわ。ニューヨークへ移り住む前、わたしがどこでドラッグを手に入れていたと思っているの？ 売人なら、ちょっと探せばすぐ見つかるわ。あなたって、本当に世間知らずなんだから」

「でも、姉さんみたいに頭まで薬づけになってはいないわ」

「アイヴィ、言葉に気をつけなさい。さもないと、父さんの遺産をわけてあげないわよ」

「最初から、もらえるとは思っていないわ」アイヴィは声を抑えて言った。「姉さんがわたしのことをさんざん悪く言ったおかげで、わたしは父さんに何も遺してもらえなかったもの」

「そのかわり、ヘティおばさんのささやかな遺産が手に入ったじゃない。本当は、あれもわたしがもらうべきだったのよ。長年、みじめな生活をしいられてきた代償としてね」

「いいえ、姉さんは刑務所送りになるべきなのよ」アイヴィは思い切って言った。

電話の向こうで、レイチェルが小声で悪態をついた。「ジェリーが帰ってきたから、もう切るわ。あなたから弁護士に電話をして、遺産相続手続きが遅れている理由を確かめるのよ。ニューヨークからかけると、電話代が高くつくから」

「わたしにかけてくるときはいつも、電話代をこっちにまわすくせに」アイヴィは言った。「とにかく、手続きを急いで、わたしに小切手を送ってちょうだい。分別をわきまえた大人の会話ができるようになるまで、あなたには電話しないわ！」

レイチェルはたたきつけるようにして電話を切った。ジェリーは麻薬の売人で、上昇志向の強い前科者だったが、ドラッグづけにされているレイチェルの目には、きらめく鎧《よろい》をまとった騎士にしか見えないようだ。アイヴィの忠告も、レイチェルの耳を素通りしてしまった。ふたりは決して仲のよい姉妹ではなかったけれど、ジェリーと出会ってさらに覚《かく》醒剤《せいざい》にのめりこんだレイチェルは、道理を説いても耳すら貸さなくなった。かつては優しいところもあったレイチェルが妹に敵意をむき出しにするようになったのは、アイヴィが高校に入ったころからだ。なぜそうなったのか、アイヴィにはわからない。姉がニューヨークへ旅立ったとき、アイヴィはほっとした。しかし、レイチェルがトラブルを起こすのは、遠くにいても同じだった。アルコールと麻薬に溺《おぼ》れたレイチェルの人格は、さらに破綻《はたん》していった。

次の講義へと急ぐアイヴィの心は重く沈んでいた。一生、他人の下で働きたいわけではない。ましてや、レイチェルのメイド兼コックになることだけは、どうしても避けたかった。父さんの遺産の相続権を放棄することで問題が解決するなら安いものだわ、とアイヴィは考えた。姉のレイチェルとまた同居することを思えば、親友のメリー・ヨークの気難しい兄、スチュアートの存在にも耐えられそうだった。

その日は金曜だった。アイヴィは同じ下宿の住人で、職業訓練専門のカレッジの講師でもあるリタ・ドーソンの車に乗ってキャンパスを出た。結局、英語の試験にパスした自信はあるものの、タイプの実技のほうは惨憺《さんたん》たる結果に終わってしまった。それでも、落ちこんでいた気分も徐々に晴れてきていた。

ふたりを乗せた車が下宿の前に停《と》まったとき、アイヴィは疲れがどっと押し寄せてくるのを感じた。レイチェルは弁護士事務所で父親の遺言検認書に署名するとすぐ、家族で暮らしていた家を売りに出した。その美貌《びぼう》に魅せられた新米弁護士は、レイチェルの希望にそって、もうすぐ十九歳になるアイヴィに下宿生活を勧めたのだ。レイチェルがニューヨークへ戻ってから、アイヴィは大おばのささやかな遺産と、週に二回の帳簿づけのアルバイトで得たわずかな収入から、カレッジの学費と下宿代を捻出した。生活費がたりているかどうか、レイチェルに尋ねられたことは一度もなかった。

〝レイチェルに相続権を奪われないように、わたしの兄に相談したら？〟とメリーは提案したが、アイヴィはその申し出をむきになって拒んだ。スチュアートの世話になるくらいなら、ホームレスになったほうがましだ。アイヴィにとって、スチュアートは恐怖の対象だった。そのことは親友のメリーにも話していない。話せば、スチュアートを恐れる理由をきかれるだろう。それは、誰にも知られたくない秘密だった。

「今度の週末は、父に会いに行く予定なの」黒い髪と瞳を持つリタがにっこり笑って言った。「あなたはどうするの？」

「メリーとウィンドウ・ショッピングに行くつもり」アイヴィはため息をつき、物憂げにほほえんだ。「欲しくてたまらなくなるようなものが見つかるかもしれないから」そう言って、くすりと笑う。

「いつの日かすてきな男性が現れて、あなたを幸せにしてくれるわよ、きっと」

そんなことはありえないとアイヴィは思ったが、あえて何も言わずに口元をほころばせた。実のところ、他人に支配され、恐怖に怯《おび》えて暮らすのはもうごめんだった。

アイヴィは勝手口からなかに入った。今日は金曜なので、家主のミセス・ブラウンはいつもどおり食料品の買い出しに出かけたようだ。週末はたいてい三人で食卓を囲み、高齢のミセス・ブラウンを気遣って、料理とあとかたづけはリタとアイヴィが交代でしていた。リタはアイヴィより少し年上で、離婚したばかりの元夫への未練をなかなか断ち切れずにいた。今はカレッジでコンピューター・テクノロジーを教えていて、同じカレッジで学んでいるアイヴィをいつも車に同乗させてくれる親切な女性だった。

アイヴィがバッグを下に置くが早いか、携帯電話が鳴った。

「待ちに待った週末よ！」中学時代からの親友、メリー・ヨークがほがらかな声で言った。

「ええ、そうね」アイヴィは、くすりと笑った。

「試験はどうだった？」

「まあまあってところかしら。問題は、生物学の実験のほうよ。わたし、顕微鏡をうまく使いこなせないの」

「研究助手になるならともかく、看護師になるあなたに顕微鏡は必要ないわ」

「生物学の教授にそう言ってやってよ。とにかく、同じ課程を三回履修するはめになっても、卒業だけはしてみせるわ」

「その意気よ」

「今度の週末、うちで一緒に過ごさない？」

アイヴィはどきりとした。「できればそうしたいけれど、ちょっと用事があって……」

「兄さんは仕事でオクラホマへ行っているから、うちにはいないわ」メリーが皮肉っぽくなだめる。

「正式な文書にして保証してくれる？」

「兄さんはあなたのことを気に入っているのよ。ただ、それを表に出さないだけ」

「もしそうなら、実にみごとな自制心ね」アイヴィは続けた。「メリー、あなたのことは大好きだけれど、今週はこれ以上いやな思いをしたくないの。今日、レイチェルと言い争いをしたあとだから」

「ニューヨークから電話があったの？」

「そのとおりよ」

「例によって、麻薬王の彼のことでもめたのね？」

「ご明察」

　メリーが笑った。「中学からの長いつき合いですもの、わかって当然よ」

「社交界にデビューした名家の令嬢のあなたと、礼儀知らずでおてんば娘のわたしは、はたから見たら妙なコンビでしょうね」

「今のあなたは、前よりぐっと女らしくなったわ」

「お互いに歩み寄ったってことかしら。ところで、どうして今度の週末にわたしを家に呼びたいの？」

「身勝手な理由よ。わたし、一緒に勉強してくれる相手が欲しいの。看護学校の友達はみんな、デートとかで忙しくて誘えなかったから」

「わたしはデートなんかしないわ。カレッジを優秀な成績で卒業して、仕事について稼げるようになりたいだけ」

「亡くなったご家族が遺してくれた銀行預金と株があったはずでしょう？」

　それは事実だったが、預金の大半と株のすべてはレイチェルに持っていかれてしまった。

「あなたのご両親が、あなたにスチュアートを遺してくれたようにね」

「兄のことをいちいち持ち出さないで」

「違う言い方ができるかもしれないわ」アイヴィは考えこむように言った。「ご両親はスチュアートに、あなたを遺した」

「わたしにとっては最高の兄よ」メリーの声は穏や

かだ。「女性にも優しいし」

「わたし以外の女性にはね」アイヴィは口をはさんだ。「今週はいろいろあったから、週末にスチュアートと顔を合わせるのはいやなのよ」

「あなたは数学の天才だから、勉強する必要なんてないんでしょうね？」

「毎日、講義のあとで四時間も金銭問題に頭を悩ませているおかげかしら」

メリーが笑った。「週末はぜひうちへ来て。来てくれたら、夕食にミセス・ローズの手作りロールパンを食べられるわよ。勉強がすんだら、ケーブルテレビで新作のファンタジー映画を観《み》ましょう」

アイヴィの心は揺らいだ。「テイクアウトの料理を食べずにすむというのは悪くない話だわ」

「あなたが来ると知ったら、きっとミセス・ローズがチェリー・パイを焼いてくれるわよ」

「そう言われたら、行かないわけにはいかないわね。寝巻きを持って、三十分以内にタクシーでそっちに行くわ」

「わたしが迎えに行ってあげましょうか？」

「いいえ、その必要はないわ。タクシー代ぐらい払えるから」実際はそんな余裕などありはしないのだが、メリーの厚意に甘えることはプライドが許さなかった。

「相変わらず独立心が旺盛《おうせい》なのね。ジャックに言って、門を開けておいてもらうわ」

メリーの家は煉瓦造《れんがづく》りの大邸宅で、錬鉄製の門を抜けると、煉瓦敷きの私道が母屋まで続いていた。正門では、武装した警備員のジャックがつねに目を光らせている。広大な敷地には、高圧電流を流したフェンスがめぐらされていて、夜間はそこに二頭の獰猛《どうもう》なドーベルマンが放された。そして、牧場で働く男たちの半数が屈強な元軍人だった。牧場主であるスチュアートが警備に神経を使うのは、先祖伝来の高価なアンティークの数々と、四頭の貴重な種牛を守るためだった。

「護身用の防具を用意するべきかしら。チェイスに不法侵入者と間違えられるといけないから」

　ヨーク牧場の警備主任をしているチェイス・マクリードは、スチュアートに高給で引き抜かれた逸材だった。経営学の学位を持ち、人の扱いもたくみなチェイスは、ＦＢＩの職員をしていたこともある。見た目もセクシーなのだが、アイヴィの好みのタイプではなかった。

　広大な牧場のほかにも、不動産から農機具製造にいたるまで、スチュアートはさまざまな事業を展開している。大金持ちのわりには、スチュアートとメリーの暮らしぶりは地味だった。スチュアートは十代のころから父親とともに牧場で働いていたが、その父親はメリーが十三歳のときに心臓麻痺《まひ》で急死していた。今、スチュアートは三十歳で、アイヴィと同い年のメリーはもうすぐ十九歳になる。ふたりの母親はメリーを産んだときに亡くなっていて、ほかに身寄りらしい身寄りはなかった。

　長い沈黙のあと、メリーがため息をついた。「チェイスがあなたを不法侵入者と間違えるはずがないじゃない。変なことを言わないで」

「メリー、わたしは、しがない整備士の父親と公認会計士の母親のあいだに生まれたのよ」

「わたしの祖父はギャンブラーで、カリブで大金を稼いだの。実は海賊だったのかもしれないわ。六十過ぎて、武器の闇《やみ》取り引きをして捕まったって話もあるのよ。うちの莫大《ばくだい》な財産は、後ろ暗いことをして築かれたものなの。だから、兄とわたしは父親から職業倫理を厳しく教えこまれたわ。ぐずぐず言わずに、うちへ来る支度をしたら？」

　アイヴィは声をたてて笑った。「急いで支度をして、そっちへ行くわ」

「そうこなくっちゃ」

確かに、スチュアートとメリーは、働かずに莫大な財産を食いつぶしているわけではなかった。やり手の青年実業家として飛びまわっていないとき、スチュアートはいつも牧場で働いていた。エール大学で企業経営を学び、流暢《りゅうちょう》なスペイン語を話す彼は、とびきりハンサムでセクシーな男性でもある。アイヴィは傷つくことを恐れ、スチュアートに関心のないふりをしていた。彼の好みのタイプは、ブロンドで背が高く、容姿端麗で、経済的にも恵まれた自立した女性だった。スチュアートは独身主義者で、結婚を毛嫌いしている。そのせいか、ひとりの女性と半年以上つき合ったためしがなかった。

アイヴィは容姿端麗でもなければ、押しの強いキャリア・ウーマン・タイプの大人の女性でもない。スチュアートは上流社会の一員で、彼女が気おくれするような人々と友達づき合いをしていた。アイヴィは投資について何も知らず、海外旅行をした経験もなかった。文学やクラシック音楽に造詣《ぞうけい》が深いわけでも、高級車に乗ってブティックに買い物をしに行くわけでもない。ただ、自分の将来のために勉学に励んでいるだけだ。メリーはサン・アントニオにある看護学校の学生で、寮生活を送りながらベンツの新車を乗りまわしていた。近ごろは、メリーがたまに帰郷する週末にしか会えないので、アイヴィは寂しい思いをしていた。

だから、メリーの誘いを受ける気になったのだ。スチュアートは留守だとメリーは言ったが、いつひょっこり帰ってくるかわかったものではなかった。彼がアイヴィを嫌うようになったのは、レイチェルのせいだった。高校時代からレイチェルの奔放な生き方に批判的だったスチュアートは、アイヴィも姉のレイチェルと同じだと思いこんでいた。

正門の警備をしているジャックは、タクシーでやってきたアイヴィの顔を覚えていたらしく、にっこり笑って奥へ通してくれた。

メリーは煉瓦造りの豪邸の玄関前で待ってくれていた。タクシーが近づいてくるのを見て、急いでステップを駆けおりると、後部座席から降りてきたアイヴィに抱きついた。

アイヴィは中背で、華奢《きやしや》な体つきをしていた。瞳の色はグリーンで、癖のないプラチナ・ブロンドの髪を長く伸ばしている。兄のスチュアートによく似たメリーは、女性にしては長身で、濃い色の髪と淡い色の瞳の持ち主だった。

「来てくれてよかった」メリーがうれしそうに言った。「この家は、兄とハウスキーパーのミセス・ローズと三人で暮らすには広すぎるから」

「あなたたち兄妹《きようだい》が結婚したら、子供でいっぱいになるわよ」アイヴィはからかった。

「わたしはともかく、兄さんが結婚して家庭を持つとは思えないわ」メリーがくすくす笑った。「なかに入って。荷物はどこ？」

「トランクに……」

アイヴィが答えるより早く、ヒスパニック系の運転手がトランクからアイヴィの荷物を出して、笑みを浮かべながらポーチまで運んでくれた。メリーはすかさず高額の紙幣を運転手に渡し、上品なスペイン語で礼を言った。

アイヴィが抗議している暇はなかった。

「何も言わないで」メリーがほほえんだ。「言っても無駄だから」

「わかっているわ」アイヴィは吐息をついた。「気を遣ってくれてありがとう。でも……」

「タクシー代を支払ったら、来週は一日ランチ抜きで過ごすはめになるんじゃない？　立場が変われば、あなたもわたしと同じことをしたはずよ」

それはそうだが、アイヴィのプライドは傷ついた。

「今日のタクシー代は、あなたが会計士として大成功して、ロールスロイスを乗りまわすようになったときに返してくれればいいわ」

アイヴィは苦笑した。「公認会計士がロールスロイスを乗りまわすなんて、夢のまた夢よ。でも、お返しはきっとするわ」

「友達どうし、助け合うのは当然よ」メリーが言った。「さあ、遠慮しないでなかに入って」

メリーとスチュアートが暮らしている家は、気が遠くなるほど広かった。裕福な人とそうでない人の違いは、自由になるスペースの大きさにある。経済的に恵まれていれば、花壇や池のある広大な家に住むことができるのだ。

「今、何を考えているの？」階段をのぼりながらメリーがきいた。

「スペースについて」アイヴィはつぶやいた。

「宇宙のこと？」

「いいえ、私的なスペースのことよ。人それぞれが持っているスペースの大きさは、所有している資産の大きさに比例するのではないかしら。かなうものなら、小さな庭と池が欲しいわ」

「うちの金魚でよければ、いつでも好きなときに餌《えさ》をやっていいわよ」メリーが言う。

アイヴィは無言でメリーを見つめた。メリーとスチュアートは実によく似ていた。ふたりとも背が高く細身で、髪は漆黒だ。メリーの髪は長く、一方のスチュアートは保守的なスタイルに短くカットしていた。瞳の色は、ふたりとも同じ淡いブルーだ。メリーも怒ると怖いけれど、スチュアートほどではなかった。彼の機嫌が悪いかどうかは、目を見なくてもわかった。ふだんの彼は、滑るような身のこなしで歩くが、怒っているときは歩調がぐんと遅くなる。スチュアートの場合、ゆったりと歩いているときほど、猛烈に腹を立てているのだ。

かつて、スチュアートがかわいがっていた牛追い犬がコヨーテに襲われて死んだことがあった。夕食の席で、不機嫌な彼と顔を合わせたくなかったアイヴィは、仮病を使ってゲストルームにこもっていた。

頭にくると、周囲にやつあたりをするのは、スチュアートの悪い癖だ。

メリーは自分の部屋の隣にある寝室にアイヴィを連れていった。アイヴィの小さな鞄《かばん》のなかから着替えのジーンズとコットンのTシャツしか出てこないのを見て眉をひそめた。「寝巻きは?」

「レイチェルと言い合いをして気が動転したせいか、忘れてきてしまったわ」

「大丈夫よ。わたしのを貸してあげるから。裾《すそ》丈は別として、サイズに問題はないと思うわ」メリーはそこで眉間《みけん》にしわを寄せた。「レイチェルの狙《ねら》いは、お金でしょうね」

アイヴィは小さな鞄に視線を落としてうなずいた。

「姉さんは父さんを丸めこんで、全財産を自分のものにしたの」

「嘘を並べてね」

「ええ。でも、父さんは姉さんの言葉を信じて疑わなかった。姉さんは愛情豊かな娘のふりをして、欲しいものを手に入れたのよ。父さんは、よくお酒を……」アイヴィは不意に口をつぐんだ。

メリーがベッドに腰をおろし、膝の上で手を組んだ。「あなたのお父さんがお酒好きだったことは知っているわ。兄さんが探偵に調査をさせたから」

アイヴィは驚きに目をみはった。「え?」

メリーが下唇を噛《か》んだ。「兄さんがそんなことをさせた理由は、わたしにもわからない。兄さんの意外な一面をかいま見たような気がしたわ」

アイヴィは不安になった。スチュアートが雇った私立探偵は、わたしの家庭の事情をどこまで探り出したのかしら。

「わたしたちが知っているのは、お酒のことだけよ」メリーが親友を安心させようとして言った。「絵に描《か》いたように幸せな子供時代を送った人なんて、どこにもいないわ。うちの父は、自分が果たせなかった夢をすべて兄さんに押しつけたわ。だから兄さんを農業大学に入れてレース用の馬を育てさせようとしたの」メリーが苦笑した。「あの兄さんが、自分の意に反することをするわけがないのに」

「スチュアートはお父さん似なの？」アイヴィはメリーの父親のことをよく知らなかった。

「いいえ。でも、ひどい癇癪《かんしゃく》持ちだってところは似ているわね。先週、兄さんが癇癪を起こしたおかげで、腕のいい古株のカウボーイが出ていったわ」

「どうしてそんなことに？」

「兄さんがジャガーを納屋に突っこませたとき、そのカウボーイが気にさわることを言ったからよ」

2

アイヴィは噴き出しそうになった。彼女の知っているスチュアートは、自制心のかたまりのような人間なのだ。「あのスチュアートが、新型のジャガーを納屋に突っこませたの？」

メリーが顔をしかめた。「そうなのよ。ちょうどそのとき、携帯電話で話し中だったらしいわ」

「どんな話をしていたのかしら？」

「町の家畜市場で手違いがあって、うちで種付けをすませた純血種の牝牛《めうし》たちが、未出産の若い牝牛と同じ安値で売られたと聞かされたのよ」

「それだと大損じゃない」

「損をしたのは、うちだけじゃないわ。兄さんは、いったん売りに出した牛たちを一頭残らず町の市場から引きあげ、オクラホマにある別の市場に送ったの。だから今、オクラホマにいるのよ。今度は売値を牛たちの体にマジックではっきり書いておいたから、市場側もミスはしないはずだと言っていたわ」

アイヴィはにやりとした。スチュアートなら、そういうことをやりかねない。

「町の家畜市場にとっては大打撃よ」メリーが話を続けた。「うちの牛は二度と町の市場に出さないと、兄さんが通告したから」

「スチュアートは寛大な人じゃないもの」

メリーがうなずいた。「そうなったのは、わけがあるのよ。亡くなった父は最初、セミプロで終わってしまった自分のかわりに、兄さんをプロのフットボール選手に育てようとして中学に入る前から練習をさせていたの。兄さんはそれがいやで、わざと練習をさぼって、父にひどいお仕置きをされたわ。スポーツを毛嫌いするようになったのは、そのせいなの。ある日、兄さんはロデオをやると父の前で宣言したわ。そして〝今度ぼくを折檻《せっかん》したらダラス・カーソンに通報して、児童虐待の罪で逮捕させてやる〟と言ったのよ。ダラスはヘイズの父親で、当時この町の保安官だった。昔は、自分の子供にお仕置きをして罪に問われる親はいなかったけれど、ダラスは躊躇《ちゅうちょ》なく父を逮捕したでしょうね。兄さんを我が子のようにかわいがっていたから」

アイヴィは一瞬、言葉を失った。彼女も過去に体罰を受けた経験があるのだ。「息子のヘイズには強引なところがあるけれど、ダラスのことは、わたしも好きだったわ。スチュアートの宣言を聞いたあと、お父さんはどうしたの？」

「何も言わずに兄さんを車に乗せて、フットボールの練習場へ連れていったわ。父が練習場を出るとすぐ、兄さんはヒッチハイクで町のロデオ競技場へ行き、ジュニアの大会に出て準優勝したの。父は怒り狂って、兄さんが暖炉の上に飾ったトロフィーを火かき棒で打ち砕いたわ。以前のような折檻はしなくなったけれど、それからは威圧的な言葉や態度で兄さんをおとしめるようになったの。兄さんが大学生になって家を出るまで、わたしは学校からうちに帰るのが怖くてたまらなかったわ」

アイヴィは暖炉の上に飾られた先代の肖像画に目をやった。スチュアートは父親のジェイクによく似ていた。ジェイクは長身で、贅肉《ぜいにく》のない引きしまった体つきをしていたが、その顔は見るからに頑固で冷酷そうだった。彼の妻はメリーを出産したときにこの世を去ったため、メリーが中学に入るまで、亡くなった夫人の妹が姉のかわりに育児をした。その後、彼女はスチュアートの育て方をめぐってジェイクと対立し、ヨーク牧場から出ていった。無償の愛を捧《ささ》げてくれた女性を失ったメリーとスチュアートは、それ以降、厳格な父親のもとで育ったのだ。

「あなたのお父さんがこの牧場を開いたのは、牛への愛情があったからでしょうね」

「ええ。父はフットボールと同じくらい牛が好きだったわ」メリーがうなずいた。「でも、兄さんはフットボールが大嫌いで、中継がはじまるとすぐテレビを切ってしまうのよ」

「無理もないわ」

「フットボールの試合がないとき、父はこの牧場と不動産会社の経営に専念していたわ。心臓麻痺《まひ》を起こして亡くなったときも、重役会議の最中だったの。父が会社の存続をあやうくするような拡張計画を立てて、重役のひとりと大激論を交わしたことが発作の引き金になったらしいわ。父は危険をかえりみないギャンブラーだったの。でも、兄さんは石橋をたたいて渡るタイプだから、会社の重役とも言い争ったりしないわ」そこでメリーは顔をしかめた。「いいえ、一度だけあったわね。専属ドライバーを雇うように言われたときに」

「なぜ専属ドライバーを雇うように言われたの？」

メリーがくすくす笑った。「兄さんに車の運転をさせないためよ。わたし、言わなかった？　兄さんは半年でジャガーの新車を二台もだめにしたのよ」

アイヴィは眉をつりあげた。「一台目のジャガーは、なぜだめになったの？」

「のろのろ運転が原因よ」

「どういう意味？」

「ある日、重役会議に出席するために急いでいた兄さんは、山のなかの一本道で、のろのろ運転をしていたお爺《じい》さんの車を追い越そうとしたの。ちょうどそのとき、間の悪いことにヘイズ・カーソンがパトカーに乗って、反対車線を走ってきたのよ」

「それでどうなったの？」

「兄さんは追い越しのタイミングをあやまったかもしれないけれど、決して運転がへたなわけじゃないわ」メリーはきっぱりと言った。「そのときもパトカーと正面衝突する前に急ハンドルを切って、路肩にきちんとジャガーを停《と》めたのよ。でも、危険な運転をしたことをとがめられて違反切符を切られたあげく、運転免許証まで取りあげられてしまったの。免許証を取りもどすためには、教習所で講習を受けて、社会奉仕活動をしなければならなかったわ」

「スチュアートらしくない失態ね」

メリーが肩をすくめた。「兄さんは教習所で講習を受けたあと、保安官事務所に乗りこんでヘイズに会い、職務の効率アップのための助言をしたの」

「ヘイズに助言を求められたの？」

「まさか。兄さんは保安官事務所の秩序回復をはかるのも社会奉仕活動だと主張したけれど、ヘイズは認めなかったわ。そこで、兄さんは判事と直談判して、運転免許証を取りもどしたの」

「じゃあ、ジャガーを何かにぶつけて壊したわけじゃないのね？」

「ええ。でも、うちの家畜運搬車が例のカーブでスピードを出しすぎて道路からはみ出し、路肩に放置されていたジャガーにぶつかって、谷底に突き落としてしまったの」

「家畜運搬車のドライバーは解雇されたでしょうね？」アイヴィは思案顔で言った。

「今でもうちで働いているわよ。ドライバーとしてではないけれど」メリーが笑った。「ふりかえってみると、みんなにとって悪くない結果に終わったんじゃないかしら。ジャガーは頑丈な車だけれど、重量のある家畜運搬用トラックに衝突されたものだから、ひとたまりもなかったわ」

「わたし、経済的な余裕があっても、車を運転したいとは思わないわ」アイヴィは言った。「ハイウェイでスチュアートにでくわしたら危ないもの」

「確かにね」

ふたりはチーズやクラッカー、一口サイズのサンドイッチ、クッキーなどをつまみながら、なごやかにコーヒーを飲んだ。

「ねえ、アイヴィ。あなたは公認会計士が天職だと本気で考えているの？」

アイヴィは笑った。「何が言いたいの？」

「高校のころ、将来はオペラ歌手になりたいと言っていたじゃない」

「このわたしがオペラ歌手になれると思う？」アイヴィは、なおもほほえんで言った。「ニューヨークで声楽を学ぶ経済的な余裕があったとしても、生まれ故郷を離れるのはいや。教会の聖歌隊で歌えるだけで充分よ」

「いっそ、結婚して家庭を持って、生まれた子に歌を教えたら？」メリーがいたずらっぽい笑みを浮かべた。「あなたは子供に好かれるたちだから」

「まずは、わたしの夫になれそうな男性を十人ほど集めて。そのなかから好みのタイプを選ぶわ」

メリーが大笑いした。「わたしもついでに結婚相手を見つけようかしら。でもわたしの場合、兄さんの前ですくみあがるような人じゃだめだから、選択肢が限られてしまうわ！」

「ヘイズ・カーソンは？　彼ならスチュアートに対抗できるわ」

「ヘイズは感情的なしがらみを持ちたくないから、生涯独身で過ごすつもりなんですって」

「情けない人ね」アイヴィは言い放った。「根性がなさすぎるわ」

「根性はあるのよ。ただ、結婚に否定的なだけ。ヘイズの弟のボビーがドラッグに手を出したのは、両親が不仲だったせいなの。麻薬の過剰摂取で、たったひとりの弟を亡くしたことは、ヘイズにとって大きなショックだったのよ」

「ヘイズもいつか恋に落ちるわ」

「兄さんもそうなってほしいわ」メリーはにやりとしてみせた。「あまり期待はできないけれど」

「愛は電流のスイッチみたいなものね」

「というより、化学反応みたいなものよ」看護学生のメリーが淡々と言う。「感覚的な刺激に肉体が反応して、遺伝子の再生をうながすの」

「メリーったら！」アイヴィはうめいた。「興《きょう》醒《ざ》めするようなことを言わないで」

「でも、それが事実なのよ。解剖学の教授にきいてみるといいわ」

「遠慮しておくわ。愛は奇跡だと信じていたいの」

メリーは声をたてて笑ってから、ふと眉をひそめた。「アイヴィ、何を食べているの？」

「これ？」ミセス・ローズの手作りオードブルが並んだ大皿から取ったクッキーを、掲げてみせた。

「クッキーよ」

メリーが心配そうな顔つきになった。「ただのクッキーじゃなくてチョコレート・クッキーでしょう。あなたはチョコレートを食べると偏頭痛を起こすはずじゃなかった？」

「一つぐらいなら大丈夫よ」

「でも、今日は雨で湿度が高いし、レイチェルのおかげで精神的なストレスもたまっているはずよ。それに、お父さんが亡くなってから、まだ一カ月しかたっていないわ。何が偏頭痛を起こすきっかけになるか、わからないのよ。兄さんの場合、赤ワインと熟成されたチーズを口にすると頭が痛くなるの」

かつて、スチュアートは大きな取り引きをまとめた直後にひどい頭痛を起こしたことがあった。それは、アイヴィとメリーが通っていた学校のバンド演奏会の翌日だった。そのころ親しくなったばかりのふたりも、バンドのメンバーとしてステージに立った。アイヴィは頭痛を訴えたスチュアートに濃いコーヒーを勧め、医師の治療を受けるよう助言した。彼は強烈な頭の痛みが偏頭痛であることも、有効な治療薬があることも知らなかった。一方のアイヴィは、子供のころから偏頭痛に悩まされてきた。亡くなった母親と、母方の祖父も頭痛持ちだった。偏頭痛は遺伝するのだ。ヨーク家の場合も、メリーは別として、スチュアートと父親のジェイク、おじのひとりが激しい頭痛に悩まされていた。

「兄さんがドクターに処方してもらった予防薬でよければあるわよ」メリーが言った。

「わたし、心臓に疾患があるから予防薬はのめないの。症状が出たときに対処するしかないのよ」

「薬は持ってきた？」

アイヴィは食べかけのチョコレート・クッキーを自分の小皿に戻した。「再処方してもらうのを、うっかり忘れてしまったの」実を言うと、処方薬を買うだけの経済的な余裕がないのだ。市販の鎮痛剤は処方薬ほどきかなかった。

「兄さんは鎮痛剤も処方してもらっているから、夜中に頭が痛くなったら、それをのむといいわ。お父さんの遺産問題にけりがつけば、レイチェルもあなたをそっとしておいてくれるわよ」

アイヴィは首を横にふった。「姉さんはすべてを自分のものにしない限り、満足しないわ。父さんは姉さんの嘘《うそ》を真に受けて、遺言書からわたしの名前をけずったのよ」

「レイチェルの言葉が嘘か本当か、わかってもよさそうなものなのに」メリーが憤慨して言った。

アイヴィは笑った。「父さんはわかってくれなかったわ」

実際、わかろうとする努力もしてくれなかった。レイチェルは父親に酒を飲ませては、アイヴィをおとしめる嘘を並べたてた。品行方正な妹を憎んでいた彼女は、アイヴィが苦しむのを見て楽しんでいたのだ。アイヴィにとって、毎日は不安の連続だった。

アイヴィは過去に思いをはせるのをやめて、無理にほほえんでみせた。「遺産の相続権を放棄することでレイチェルと縁が切れるなら、そうしてもいいと思っているの。ヘティおばさんが遺《のこ》してくれたお金と、アルバイトで得た収入があれば、なんとかカレッジを卒業できるから」

「そんなの不公平だわ。兄さんは父の遺産の半分をわたしにくれたのよ。〝ふたりとも父さんの子供であることに変わりはないから、すべてを均等にわけるべきだ〟って」

「お父さんの遺言では、そうなってなかったの？」

「ええ。父は兄さんに資産の七十五パーセントを遺したの。遺言書が検認されたあと、兄さんはすべてを等分してくれたわ」メリーがほほえんだ。「あなたが兄さんを嫌っているのは知っているけれど、わたしにとっては最高の兄なのよ」

アイヴィはスチュアートを嫌っているわけではなかった。恐れているのだ。癇癪《かんしやく》を起こしたときは特にそうだ。だが、恐怖とは別の感情もあった。スチュアートのそばにいると、妙な気持ちになって、神経が高ぶってしまう。

「確かに、あなたには優しいわね」

「兄さんは、あなたを気に入っているのよ。嘘じゃないわ。教育を受けるためにがんばっているあなたに、敬意を払っているの。レイチェルがあなたを家から追い出したときも、怒って担当弁護士に文句を言いに行ったのよ。遺言を無効にすることはできなかったけれど」

アイヴィは驚いた。わたしを嫌っているはずのスチュアートが、そこまでしてくれたとは……。

「わたしは悪女だから、へたに近づくと罠《わな》にはめられてしまうと思っているのかしら。でも、どうすれば男性を罠にはめられるの？」

「それがわかれば、わたしにもボーイフレンドができるのに」メリーがくすくす笑った。「でも、本命の恋人を見つける前に、正看護師にならないとね。それまでは、いろいろな男性と広く浅くつき合うだけでいいわ。今、ちょっとすてきな医学実習生と、ときどきデートをしているの。あなたは？」

「わたしは生涯独身で過ごすつもりよ」

「なぜ？」メリーが眉をひそめた。

「わたしとの結婚生活に耐えられる男性がいるとは思えないからよ。わたし、いびきがひどいの」

メリーが笑った。「嘘ばっかり」

「今はとにかくカレッジを卒業して、ちゃんとした職につくことしか考えていないわ。わたし、自立したいの。父さんは、わたしに近づこうとした男の子たちをみんな追い払ったわ。ただで使えるメイドのようなわたしがいなくなると困るから」

メリーはそれが事実であることを知っていた。子供のころからずっと、使用人のような扱いを受けてきたアイヴィは、自分の父親についてあまり語りたがらなかった。

「相変わらず秘密主義なのね」メリーの声は優しかった。「詮索《せんさく》するつもりはないけど、相談相手が欲しいときは、わたしを当てにしてくれていいのよ」

「ええ」アイヴィはほほえんだ。「ありがとう」

「そろそろケーブルテレビで映画でも観《み》ましょうか？　今話題のファンタジー映画なんてどう？」メリーが映画のタイトルを口にした。

「実はわたし、その映画を観たいと思っていたの」

「じゃあ、ミセス・ローズにポップコーンを作ってもらいましょう。彼女はめったに外出しないから、三人で映画を観てもいいわ」

「ミセス・ローズにはご主人がいるんでしょう？」

「〝いた〟のよ」メリーが訂正した。「ご主人は陸軍所属のエンジニアで、部隊と一緒に海外へ派遣されたあと、帰還しなかったの。子供はいないわ。ミセス・ローズは二十年もつれそった夫を亡くした直後にうちへ来たの」メリーは顔をしかめた。「職業軍人で高給取りだった夫に先立たれて、いろいろ苦労したみたい。臨時雇いで入ったこの家にいついてくれたのは、兄さんやわたしとの相性がよかったからじゃないかしら」

「親切で優しい人よね」

「まるで母親みたいなの。兄さんを子供扱いできるのは、ミセス・ローズだけだわ」

　アイヴィはあえて何も言わずにうなずいた。

　アイヴィがワイド画面のテレビで番組ガイドを眺めていたとき、メリーが小柄でぽっちゃりした女性を連れて戻ってきた。白くなった髪をショートカットにしたその女性の顔には、にこやかな笑みがたたえられていた。

「こんばんは、ミセス・ローズ」アイヴィは笑顔で挨拶《あいさつ》した。

「よく来てくれたわね、アイヴィ。もうじきポップコーンができるわ。どんな映画を観るの？」

「今話題のファンタジー映画を観ようと思って」メリーが答えた。

「ああ、あれね。ひとりで映画館へ行って観たけれど、とてもよかったわよ。もう一度観てみたいから、お邪魔でなければご一緒させて」

「ええ、ぜひ」アイヴィは本心からそう言った。「じゃあ、急いでポップコーンを持ってくるわ」

「リモコン操作はわたしにまかせて」メリーがアイヴィからリモコンを受け取った。「機械は苦手だけれど、ボタンを押すのは得意だから！」

　映画はすばらしかったが、観ている途中で目の前がちらついてきたのにアイヴィは気づいた。それからすぐ、片方の視界の中心が灰色にぬりつぶされたようになった。間違いない、偏頭痛の前ぶれだ。

　アイヴィはそう気づいたものの、メリーには何も言わなかった。痛みがひどくなる前にベッドに入って眠りにつけば、朝には楽になっているはずだ。

　アイヴィは映画が終わるまで我慢して、あくびをしながら立ちあがった。「今夜は早めにベッドに入るわ。眠くてたまらないの」

　メリーも立ちあがった。「わたしも今夜は早く寝るわ。ミセス・ローズ、あとはお願いしていい？」

「もちろんよ。お夜食か何か欲しい？」

「ペットボトル入りのお水を一本いただけるかしら」アイヴィは言った。「いつも枕元《まくらもと》に置いておくことにしているので」

「あとで持っていってあげるわ」ミセス・ローズが請け合った。「メリー、あなたは？」

「部屋にある小型冷蔵庫にダイエット・ソーダが入

っているからいいわ」

「メリー、寝巻きを貸してくれる？」階段を上りきったところで、アイヴィは尋ねた。

「もちろんよ。一緒に来て」

メリーは自室に入ると、クロゼットを開けて、きれいなネグリジェとローブを取り出した。薄手のレースで仕立てられたネグリジェは、淡いレモン色だ。ふだんコットンの安物の寝巻きを着ているアイヴィは、その美しさに思わず息をのんだ。

「だめよ、こんな高価なもの」アイヴィは抗議した。

「実は、クリスマス・プレゼントとして寮のルームメイトにもらったものなの。黄色は嫌いだから着ないとは言えなくて、袖《そで》を通さないままクロゼットにしまってあったのよ」

「そんな失礼なこと、わたしだって言えないわ」アイヴィは言った。「でも、きれい」

「あなたなら、きっとよく似合うわ。今夜はこれを着てベッドに入って。明日はお昼ごろまで寝ていてもいいわよ」

「わたし、朝寝坊したくても、午前七時には目が覚めてしまうの」アイヴィはほほえんだ。「毎朝、早起きして家族の食事を作っていたから」

「朝食ならミセス・ローズが作ってくれるわ。あなたの好きな時間にね。じゃあ、ぐっすり休んで」

「ええ、おやすみなさい」

アイヴィはメリーの部屋の隣にあるゲストルームに入っていった。バスルームはスチュアートの部屋とゲストルームのあいだにある。彼は今夜ここにいないので、ひどい頭痛のせいでバスルームに駆けこむはめになっても、気を遣う必要はなかった。

アイヴィはメリーに借りたネグリジェを身にまとい、等身大の鏡の前に立った。淡いレモン色のネグリジェは、ほっそりしたウエストから丸みのあるヒップ、すんなり伸びた脚まで流れるようなデザインで、小ぶりだが形のいい胸がきわだって見えた。

長いブロンドの髪にダーク・グリーンの瞳、シルクを思わせるなめらかな肌。彼女はまるで妖精《ようせい》のようだった。アイヴィはいわゆる美人ではないが、不器量でもない。身長は高くも低くもなく、華奢《きゃしゃ》な体つきで、魅力的な唇と大きな瞳の持ち主だ。今は、その目の片方しか見えていなかったが……。

控えめなノックの音がしてドアを開けると、水のボトルを手にしたミセス・ローズが立っていた。

「アイヴィ、顔が真っ青よ。大丈夫？」

アイヴィは吐息をついた。「チョコレート・クッキーを食べたせいで頭痛がするの。メリーには言わないで。一晩眠れば治るから」

「お薬は持ってきた？」

「ええ、アスピリンを」アイヴィは嘘をついた。

「もっと強い薬が欲しくなったら、わたしに言うのよ。スチュアートの処方薬をあげるから」

アイヴィは笑みを浮かべた。「ありがとう」

「早くベッドに入ってお眠りなさい。何かあったらすぐに呼んで。わたしの部屋は、メリーの寝室の向かいにあるわ」

「そうするわ。本当にありがとう」

アイヴィはクイーンサイズのベッドに入り、シルクのふとんをかぶって横になった。ワンルームの下宿とくらべると、そこはまさに宮殿のようだった。下宿の部屋は、ヨーク邸のバスルームより狭いのだ。

その夜、アイヴィを襲った頭の痛みは、すさまじいものだった。彼女はナイフで片目をえぐられるような激痛にうめきながら、こぶしを瞼《まぶた》に押しあてた。失われた視力が戻るにつれて、痛みはひどくなっていった。

激痛をやわらげるためには、市販の鎮痛剤ではなく、医師に処方された薬をのむ必要がある。それでも、完全に痛みを癒《いや》すことはできない。今のアイヴィにできるのは、我慢できるていどまで痛みがやわらぎ、やがては消えてなくなるよう祈ることだけだ。

真夜中を過ぎたころ、頭痛はさらにひどくなり、アイヴィは猛烈な吐き気に襲われた。水で濡《ぬ》らした布で目と口を押さえ、ふたたびベッドに横になって眠ろうとしたが、頭痛はひどくなるばかりだ。

アイヴィはミセス・ローズに助けを求める前にバスルームへ行き、乾きかけた布を水で濡らそうと思った。激痛のためにぼうっとしていた彼女は、バスルームのドアを開けてすぐ、長身でたくましい男性にぶつかってしまった。彼は上半身裸で、黒のシルクのパジャマのズボンをはいているだけだ。ブルーの鋭い目が、はっとして顔をあげたアイヴィのグリーンの瞳をとらえた。

「ここで何をしている？」険悪な顔をしたスチュアートが詰問口調で言った。

3

スチュアートに会うのは久しぶりだった。ふたりが住んでいる世界が違ううえ、アイヴィがメリーに会いに来るとき、彼はいつも家にいないのだ。そのスチュアートに深夜のバスルームででくわしたおかげで、アイヴィの胸はつまり、みぞおちのあたりが痛くなった。

アイヴィを見つめるスチュアートの淡いブルーの目には、奇妙な光が宿っていた。めったに笑わない彼の官能的な唇は、今も固く結ばれている。アイヴィはスチュアートから目を離すことができなかった。黒い毛に覆われた広くてたくましい胸や、シルクのパジャマに包まれた力強い腿は、テレビドラマのヒーローのようにセクシーだ。くせのない豊かな黒髪は乱れ、睡眠不足らしく目が充血していたが、女性なら誰もが夢見るほどすてきだった。

「わたし、探し物をしていて……」

「ぼくを捜していたのかい？」スチュアートがアイヴィに手をさしのべた。「きみの噂《うわさ》は、レイチェルからいろいろ聞いている。まさかとは思ったが」彼は露出度の高いネグリジェに包まれた彼女の体に視線をはわせた。「あの噂は本当だったようだな」

スチュアートのぬくもりを間近に感じて、アイヴィの膝は震えた。石鹸《せっけん》とコロンのほのかな香りが彼から漂ってくる。じっと見つめられ、アイヴィの胸はとどろき、理解しがたい欲求がこみあげてきた。目をそらそうとしても、そらせない。だが、激しい頭痛のために目はかすみ、まともに考えることすらできなかった。

次の瞬間、アイヴィは冷たい壁に背中を押しつけられていた。スチュアートは壁に両手をつき、たくましい体を彼女と密着させて、薄手のネグリジェからのぞいている胸のふくらみに視線を落とした。

「わたし……欲しいの」アイヴィは意識を集中し、かすれた声で鎮痛剤が欲しいと言おうとした。

「ぼくが欲しいのかい？」スチュアートはビロードのように柔らかな声で言い、なかば開いたアイヴィの唇に目をやった。「ぼくをどうしたい？」

当惑しているうちに、スチュアートの唇がアイヴィの唇をとらえた。男性経験のない彼女は、思わず身を硬くした。スチュアートの唇は貪欲《どんよく》で、口づけ以上のものを求めているようだった。

〝離して〟と言うべきだとわかっていたが、彼のキスは実にたくみで官能的だった。アイヴィは大人のキスをしたことがなかった。強引な男性は嫌いだったはずなのに、なぜかスチュアートにはあらがうことができない。彼は自分が何をしているか、よく知っているはずだった。やがて、彼の口づけが優しくなった。スチュアートはアイヴィの下唇に軽く歯を立て、口をもっと大きく開けさせようとした。

　胸の奥が熱くなり、アイヴィはかすかに身を震わせた。たくましい胸のぬくもりが、てのひらに心地よい。筋肉質の胸に指をはわせ、ぞくぞくするような刺激を味わっていると、スチュアートの体が敏感に反応するのがわかった。アイヴィはうながされるまま唇を開き、我知らず彼のほうへ身を寄せた。

　それを誘いと受け取ったスチュアートは、彼女の体に自分の腰を押しつけた。アイヴィは彼の欲望が頭をもたげるのを感じて怖くなった。スチュアートはうめくような声をもらし、執拗《しつよう》に求めてくる。今ここで〝やめて〟と言っても、やめてはくれないだろう。

　スチュアートがアイヴィのまろやかな腰を両手でとらえ、自分のほうへぐいと引き寄せたとき、胸が高鳴るような喜びは恐怖に変わった。スチュアートが欲望をつのらせていることは、男性経験のない彼女にもはっきりわかった。ことの成り行きに怯《おび》えたアイヴィはスチュアートの胸を押しのけ、重ねた唇を引き離そうとした。

　一方のスチュアートは、アイヴィを求めずにはいられなかった。肉体は、彼女への抑えきれない欲望をあからさまにしめしている。彼女の肌は敏感で、その唇は夢のように甘かった。スチュアートはアイヴィとベッドをともにすることしか考えていなかったが、激しい抵抗に遭い、わずかに顔をあげた。

　グリーンの瞳に恐怖の色が浮かんでいるのを見て、スチュアートは困惑した。ぼくはレイチェルにだまされていたのだろうか？　妹は男性関係にルーズだとレイチェルが言っていたが、アイヴィはこの状況に死ぬほど怯えているようだった。

「やめて」アイヴィが喉をつまらせ、訴えるような目をして言った。「お願いだから」

スチュアートがほっそりしたウエストをとらえた手に力をこめると、アイヴィは息をのみ、ますます身をこわばらせた。そこでスチュアートは考えをあらためた。こんなにも頑《かたく》なにぼくを拒絶するアイヴィが、男性関係にルーズであるはずがない。

理性を取りもどすにつれて、スチュアートの胸に怒りがこみあげてきた。今夜、ぼくは自制心を失って、アイヴィへの欲望をむき出しにしてしまった。彼女に口づけすることで自分の弱みをさらけ出し、猛《たけ》り狂う欲望の嵐《あらし》に翻弄《ほんろう》されて、無垢《むく》な少女のようなアイヴィに手を出してしまった。彼女はまだ十八歳だというのに！

スチュアートは怒りと羞恥心《しゅうちしん》と罪の意識に襲われてアイヴィを乱暴に突き放し、露出度の高いネグリジェに包まれた華奢《きゃしゃ》な体に燃えるような目を向けた。彼女を求める気持ちは、今も変わってはいない。

「真夜中にそんな格好でうろついていたら、こうなって当然だ！」スチュアートはアイヴィのネグリジェを指さした。

アイヴィは身を震わせ、自分で自分を抱きしめるようにして、ふらつきながら片手で目を押さえた。スチュアートにキスをされているあいだ、忘れていた猛烈な頭痛がぶりかえしてきたのだ。アイヴィは右目を襲ったすさまじい痛みに耐えかねて、壁にぐったりとよりかかった。

アイヴィが血の気のうせた顔をゆがませるのを見て初めて、スチュアートは異変に気づいた。「具合が悪いのか？」

「いつもの偏頭痛よ」アイヴィは消え入りそうな声で答えた。「アスピリンを探していたの」

「アスピリンで偏頭痛が治ると思うのか？」スチュアートはそう言うと、アイヴィを抱きあげて自分の部屋へ連れていった。彼女の体はうっとりするほど柔らかく、羽根のように軽かった。アイヴィは抗議するでもなく、彼のむき出しの胸に頬を寄せた。

「アスピリンより強力な薬をのまなければ、痛みは消えないはずだ。きみのかかりつけの医者に相談するから、ここに座っていろ」スチュアートはアイヴィをベッドの上におろして携帯電話を手に取った。

「わたしの主治医はドクター・ルー・コルトレーンよ」アイヴィが言った。

そんなことは言われなくてもわかっていた。「ルー？　こんな時間に電話をして申し訳ない。実は、メリーの友達のアイヴィ・コンリーがうちで偏頭痛を起こしたんだ。ぼくが処方してもらった鎮痛剤をのませても大丈夫か？」

スチュアートはアイヴィを見つめながら医師の話を聞いていた。彼女は魅惑的だが、あまりにも若かった。スチュアートは三十歳、アイヴィは十八歳だ。もう二度と、彼女に手をふれてはならない。アイヴィとのあいだに距離を置くためには、つれない態度をとる必要があった。そうすることでアイヴィを傷つけるのはいやだったが、バスルームで口づけを交わしたあと、彼女は今までとは違う目を向けてくるようになっていた。

「わかった。明日の朝までに痛みがおさまらなかったら、クリニックへ連れていくよ。ありがとう」スチュアートは電話を切った。「ぼくが服用する量の半分なら、のんでもいいそうだ」彼は引き出しにしまってあった処方薬の瓶を取り出すと、クリスタルのグラスに水をそそぎ、一粒の錠剤をそえてアイヴィに手渡した。「これをのむんだ。朝までに治らなかったら、クリニックへ連れていく」

「わたしをにらむのはやめて」アイヴィは力なく抗議した。

「つらい思いをしているのは、きみだけじゃない。つべこべ言わずに薬をのむんだ」

アイヴィは赤面しつつ、スチュアートにもらった鎮痛剤を水でのみくだした。

それからスチュアートはアイヴィをゲストルームへ連れていき、ベッドに座らせた。

「わたし、あなたは留守だと聞かされていたの」アイヴィは弁解した。「だから、バスルームで鉢合わせするとは思わなかったのよ」

「ぼくもきみがここにいるとは思わなかった。メリーは都合の悪いことは言わないからな」

つまり、メリーは週末に友人を招いたことをスチュアートに黙っていたのだ。まさか、兄が夜遅く帰ってくるとは思わなかったのだろう。

「薬をわけてくれてありがとう」アイヴィは礼を言った。

スチュアートが鋭い息をつく。「どういたしまして。さあ、もう寝ろ」

アイヴィはそろそろとベッドに横になったが、それだけで頭の痛みがひどくなった。

「あと、バスルームでの出来事にロマンチックな意味はないからな。夜中に扇情的な格好の女性とでくわしたら、男なら誰でも同じ反応をしめすはずだ」

「あ、あなたがいるとは思わなかったから――」

スチュアートがアイヴィの言葉をさえぎった。

「言い訳はもういい。レイチェルが妹のきみのことを悪く言ったのは、なぜだろうな？」

「あなたこそ、どうしてわたしのことについて姉さんと話したりしたの？　高校のころから、姉さんのことを毛嫌いしていたくせに」

「きみのお父さんが亡くなったあと、レイチェルが電話をかけてきたんだ」

アイヴィは目を閉じた。「父さんの遺言が検認される前に、あなたがわたしの味方につくことを恐れて電話したのね」そこで冷ややかに笑う。「あなたがわたしのために何かしてくれるはずないのに」

「きみがメリーに助けを求めると思ったんだろう」

アイヴィは脈打つ痛みに耐えながら、閉じていた目を開けた。「わたしは自分の面倒は自分で見られるわ。姉さんとは違うもの」

「そうだな」スチュアートは彼女の青ざめた顔をじっと見た。「確かに、きみはよくやっている」

アイヴィは意外なほめ言葉にはっとして、スチュアートのシャープな顔を見あげた。バスルームでわたしが〝やめて〟と言わなかったら、どうなっていたかしら？　アイヴィはそう考えて赤面した。

「勘違いするな。ぼくは十代の夢見る少女の恋愛対象になるつもりはない」

スチュアートは怒っているというより、面白がっているようだった。「本当に？」アイヴィは冗談めかして言った。「あなたにつれなくされたら、わたしは悪い仲間とつき合いはじめて、転落の道をたどるかもしれないわよ」

スチュアートはアイヴィのきれいなグリーンの瞳がきらりと輝くのを見た。「きみはまだ若い。大人の男にのぼせあがっていい年じゃない。つき合うなら、同じ年ごろの少年にするんだな」

「そう言われても」アイヴィは片目を手で押さえた。「同い年の男の子はみんな、子供っぽすぎるもの」

「いずれは大人の男になるさ」

「それはそうでしょうけれど」アイヴィは激痛にうめいた。「わたしの頭をハンマーでたたいてくれる？　この痛みを忘れられるかもしれないから」

「薬のききめが現れるまでには時間がかかる」スチュアートがベッドの端に腰をおろした。「濡《ぬ》れたタオルでも持ってこようか？」

「早く持ってきてくれないと死にそう」

スチュアートは笑って立ちあがり、バスルームへ行った。じきに戻ってきて、水で濡らしたハンドタオルをアイヴィの両目に押しあてた。「これで少しは楽になったかい？」

アイヴィは吐息をもらした。「ええ、ありがとう」

「ぼくは偏頭痛を起こしたとき、患部を温めないとだめなんだ。冷やすと痛みがひどくなる」

「覚えておくわ」

「どこでチョコレートを食べたんだ？」しばらくして、スチュアートがきいた。

アイヴィは思わず顔をしかめた。彼はわたしのことを知りすぎている。「今日の午後、うっかりしてチョコレート・クッキーを食べてしまったの。メリーに注意されるまで気づかなかったわ」

「ぼくはいくらチョコレートを食べても平気だ」

「でも、赤ワインはだめでしょう？」

「赤ワインを飲めなくても、うまいスコッチ・ウイスキーがあればいい」

「熟成されたチーズも、偏頭痛を起こす引き金になるみたいね」

「ああ」彼は顔をしかめた。「おかげで、好物のスティルトン・チーズを食べられなくなったよ」

アイヴィはほほえんだ。「完全無欠に見えるあなたにも、弱みがあったのね」

「本当のぼくを知ったら、きみは驚くだろうな」スチュアートは、今の自分がどんな顔をしているか、アイヴィに見られずにすんでよかったと思った。

突然、ゲストルームのドアが開き、メリーがぎょっとしたように戸口で足を止めた。「ふたりでパジャマ・パーティでもしているの？」

「ああ。だが、おまえは招かれざる客だ。これは頭痛持ち限定のパーティだからな」スチュアートがかすかな笑みを浮かべた。

メリーが室内に足を踏み入れ、ベッドのかたわらに立った。「こうなることを恐れていたのよ。軽食のトレイの上にチョコレート・クッキーがのっていることに気づかなかったわたしのせいだわ」

「こうなったのは、アイヴィの不注意のせいだ」スチュアートが語気を荒くした。

「厳しいのね」アイヴィはつぶやいた。「食べ物のことで他人がとやかく言ったら、あなたはその相手を窓から放《ほう》り出すんじゃない？」

「きみもぼくを窓から放り出していいよ」

「放り出したくても、重くて持ち上げられないわ」

「アイヴィ、アスピリンをのむ？」メリーが兄をにらみつけながら尋ねた。

「彼女には、ぼくの薬をのませた」

「だめじゃない、主治医に相談する前に勝手なことをしたら！」メリーが激昂《げっこう》する。

「薬をのませる前に、彼女の主治医のルーに電話で相談したよ」スチュアートは枕元《まくらもと》にある置時計に目をやった。「そろそろ薬がきいてくるはずだ」

　彼の言葉どおり、鎮痛剤の効果が現れはじめたらしい。アイヴィは猛烈な眠気に襲われた。「なんだか、すごく眠いわ」激しかった痛みが急にやわらいだことに驚きつつ、アイヴィはつぶやいた。

「明日の朝、目が覚めたら、痛みは消えているだろう」スチュアートが請け合った。

「ありがとう」アイヴィは礼を言った。

「礼には及ばない。偏頭痛について、知らないわけではないからな」

「アイヴィの助言があったから、兄さんはドクターの診察を受けて、よくきく薬を処方してもらえたのよね」メリーが皮肉を言う。

　スチュアートは妹の言葉を無視し、アイヴィが眠りに落ちるまで見守っていた。彼が目の上にかけた濡れタオルを取りのぞいたとき、苦しげだったアイヴィの呼吸は正常に戻っていた。非の打ちどころのない体は、ふとんに隠れて見えない。もしまたあの魅惑的な肢体を目にしていたら、夜通し悶々《もんもん》とするはめになっただろう。

スチュアートはハンドタオルを手に持ったまま、ベッドからそっと腰をあげた。

「助かったわ、アイヴィに薬をのませてくれて」ゲストルームを出たところでメリーが言った。

スチュアートは肩をすくめた。「偏頭痛に苦しんだ経験は、ぼくにもあるからな」

「よくオクラホマから帰ってこられたわね？」

「競り市の手はずが整ったから帰ってきたんだ。それにしても、町の家畜市場であんな手違いがあるとは思わなかったよ」

「いつもずさんなわけじゃないわ」

「たった一度のミスが高くつくこともある」スチュアートはメリーに思い出させた。「今は不景気だから、油断は禁物だ。日本向けの牛肉の輸出がストップして痛手をこうむったからな」

「うちより大きな痛手を負ったところもあるわ」

「あの痛手から立ち直ることができたのは、無農薬ビーフの国内市場を開拓できたからだ。人々が自然食品のよさを知れば、利益はさらにあがるだろう」

「うちのブランドの無農薬ビーフは、地元でもよく売れているわ」メリーは同意した。

「大都市での売れ行きはもっといい」スチュアートはひと呼吸おいてきいた。「看護学校のほうはどうだ？」

メリーが口元をほころばせた。「すべて順調よ。二年後には病院勤務ができそうだわ」

「うちへ帰ってきて、ゆとりある生活を楽しみながらボランティア活動に励んでもいいんだぞ」スチュアートはほほえんだ。

メリーもほほえみ、首を横にふった。「わたしも兄さんと同じで、安楽な生活を送るより、忙しく動きまわっているほうが性に合うのよ」

「お互いに仕事熱心だからな」スチュアートは妹の頬に軽くキスをした。「おやすみ」

「この週末は、ずっとうちにいるの？」

スチュアートは妹に視線を投げた。「そんなことになったら、騒動になるぞ」

「二日ぐらいアイヴィと仲良くできるでしょう？」

「ぼくに目隠しをして、彼女に猿ぐつわをかませれば、できるかもしれないな」

メリーが目をしばたたいた。「なんですって？」

「冗談だよ。ぼくは明日、デンバーに飛ぶ予定だ。農業関係のセミナーで、穀物の遺伝子組み換えに反対するスピーチをすることになっているんだ」

「へたなことを言って殴られないようにね」

スチュアートは肩をすくめた。「ぼくはただ、議論を喚起したいだけさ」

メリーが兄の顔に手をふれた。「兄さんの気がすむまで闘うといいわ。わたしはアイヴィと一緒に、火星を舞台にした新作映画を観《み》るから」

「火星だって？」

「アイヴィは火星が好きなのよ」

「できるものなら、彼女をロケットで火星に送ってやりたいよ」スチュアートは考えこむように言った。

「やめて。アイヴィはわたしの親友なのよ」

「じゃあ、月に送るだけで我慢しよう」

「お父さんが亡くなったあと、アイヴィは家を追い出され、遺産の相続権まで奪われようとしているのよ。わたし、レイチェルを殺してやりたいわ」

スチュアートも、アイヴィは男性関係にルーズだと嘘《うそ》をついたレイチェルを殺してやりたいと思った。レイチェルはなぜ、妹をおとしめるような嘘をついたのだろう？　狙《ねら》いはやはり、父親の遺産だろうか。レイチェルの好きにさせたら、アイヴィの手元には何も残らないだろう。

「深刻な顔つきね」メリーは兄をじっと見つめた。

「せめて、今まで住んでいた家だけはアイヴィに相続させてやりたいものだな」

「相続できたとしても、維持費がかかるから住めないわ。学費と下宿代を払うだけで精いっぱいだもの」

スチュアートは目を細めた。「うちで援助すればいい」

「援助の申し出なら、もうしたわ。でも、アイヴィは施しを受けるのがいやなのよ」

「それで、平日の夜と週末にアルバイトをして、生活費の足しにしているわけか。アルバイト先の従業員のなかに、妻がいるのに若い女性と遊びまわっている男がいると聞いたが」

「アイヴィもデートに誘われたらしいわ」

スチュアートの怒りは深まった。「で？」

「アイヴィがうっかり落としたハンマーがその男の足に当たって、一週間ほど足を引きずって歩くはめになったそうよ」メリーは笑った。「それに懲りて、アイヴィにちょっかいを出すのをやめたみたい」

スチュアートは感心せずにいられなかった。アイヴィが大人の女性だったら、違った関心を抱いたかもしれない。だが、彼女はまだ十八歳だった。

「今日、お父さんの遺言書のことで、レイチェルがまたごちゃごちゃ言ってきたらしいわ。その心労がたたって偏頭痛を起こしたのよ」

「アイヴィはレイチェルに刃向かうべきだ」

「無理よ。アイヴィはレイチェルを愛しているの。意地悪な姉でも、たったひとりの肉親だから」

「彼女はもっとタフになる必要があるな」スチュアートは伸びをした。「ぼくはもう寝るよ。明日の早朝、デンバーに発《た》つ。月曜には帰るつもりだが、何かあったら携帯電話に連絡してくれ」

「牧場のことはチェイスにまかせておけば大丈夫よ。楽しんできてね」

「遺伝子組み換えに賛成する連中との殴り合いの合間に、楽しめたら楽しむよ」にやりとしてみせた。

自室に戻ったスチュアートは、今夜のようなあやまちは二度とくりかえすまいと誓った。そして、マスコミを利用して、アイヴィとのあいだに距離を置くことを考えた。社交界の華とぼくの親しげな写真がタブロイド紙に載っているのを見たら、ぼくに対するアイヴィの思いもさめるはずだ。

私立探偵の調査によると、アイヴィの父親は自宅で酒を浴びるように飲み、先立った妻とアイヴィに暴力をふるっていたとのことだった。その事実を知ってから、スチュアートはアイヴィの前で声を荒らげないよう気をつけていた。だが、彼女がぼくとの未来を夢見ないよう、芽生えたばかりの恋心を今のうちに摘んでおかなければならない。ぼくの相手として、アイヴィはあまりにも若すぎる。

土曜と日曜は何事もなく過ぎていった。アイヴィとメリーは一緒に勉強をしたり、映画を観たり、将来の夢を語り合ったりした。月曜の朝、アイヴィは車でサン・アントニオへ戻るメリーにカレッジまで送ってもらった。

「また週末に暇ができたら電話するわ」別れぎわにメリーが言った。「レイチェルのこと、あまり気にしちゃだめよ」

「気にしないよう努力するわ」アイヴィは口元をほころばせた。「楽しい週末だったわ。ありがとう」

「わたしも楽しかったわ。またふたりで一緒に過ごしましょう」

「ええ、またね！」

それから一週間、アイヴィは夢心地で過ごした。金曜の夜の出来事について考えれば考えるほど、スチュアートの存在の大きさを意識せずにはいられなかった。メリーとは長いつき合いだったが、スチュアートとの関係は近いようで遠かった。アイヴィとメリーが高校に通っていたころ、すでに大人になっていた彼とは、接点らしい接点がなかったのだ。

その彼と熱い口づけを交わしたことで、ふたりの関係は一変した。アイヴィは今、スチュアートとの未来を夢見るようになっていた。あの夜、スチュアートは異性としてアイヴィを求めていた。そして、彼女も同じように彼を求めた。まだ若いアイヴィにとって、それは画期的な出来事だった。

だが、週の終わりに買い物に出かけた食料品店で、アイヴィはタブロイド紙の扇情的な記事を偶然目にすることになった。紙面には、若くて品のある美しい女性と親しげに寄りそうスチュアートの写真が載っていて、〈テキサスの大牧場主、史跡保護団体に土地を寄付〉という見出しが躍っていた。写真の女性はその団体の代表で、著名な実業家の娘でもあり、東部の名門大学を卒業したとのことだった。当人たちは時期尚早と否定したものの、ふたりの結婚も噂されていると記事は伝えていた。

アイヴィの心はこなごなに砕け散った。こういう記事がこのタイミングで出たのは、偶然だとは思えなかった。スチュアートはアイヴィを恋愛の対象とみなしていない。そのことを彼女に思い知らせるため、知り合いのマスコミ関係者を使って、タブロイド紙にこんな写真を載せたのだろう。

記事が出てすぐ、メリーが電話をかけてきた。

「あんな写真を撮られるなんて、兄さんらしくないわ」メリーは金曜の夜にスチュアートとアイヴィのあいだに何があったか知らないようだった。

「しつこいカメラマンに隙《すき》をつかれたのよ、きっと」

「つきまとってくる別の女性を追い払いたくて、わざとああいう写真を撮らせたのかもしれないわ」メリーが無邪気に言う。「でも、兄さんには今、真剣なおつき合いをしている相手はいないはずなのに」

「そんなことより、試験はどうだったの？」アイヴィはわざと話題を変えた。

「楽勝だったわ。あなたのおかげね」

「いいのよ。わたしが最終試験を受けるときは、あなたに助けてもらうから」

「それはまだ先のことだわ。今度の週末もうちへ来ない？」

　アイヴィはすばやく頭を回転させた。「週末は、下宿の友達とダラスへ行く予定なの。お母さんのいるダラスまで、ひとりで車を運転していくのは心もとないからついてきてほしいって頼まれて」リタに同行を頼まれたとき、アイヴィは考えておくとだけ答えたが、メリーにこう言ったからには、同行しないわけにはいかなくなった。

「優しいのね、あなたは」そこで少し間があった。「看護師として働くようになったら、今までのように週末にふたりで会えなくなるわ」

「そうね」週末にメリーに会う機会が減れば、スチュアートとも顔を合わせずにすむ。「卒業後は、わたしも週末に仕事をすることになると思うわ。でも、お金を貯《た》めて車を買ったら、サン・アントニオまであなたに会いに行くつもりよ」

「ぜひ会いに来て」しばらくの沈黙のあと、メリーがきいた。「ねえアイヴィ、何かあったの？」

「別に何も」アイヴィは即答した。「もうじき父さんの遺産問題がかたづきそうなの。わたしもほんの少し、おこぼれにあずかれるらしいわ。遺産の大半を手にしたら、レイチェルもわたしをそっとしておいてくれるんじゃないかしら」

「だといいけれど。また連絡して」メリーが言った。

「ええ」そう答えはしたものの、スチュアートと顔を合わせる危険を冒すわけにはいかなかった。メリーに会えなくなるのは寂しかったが、スチュアートへの報われぬ思いをつのらせて、失恋という痛手をこうむることだけは避けたかった。

4

二年後

「アイヴィ、コーヒーはいかが？」オフィスで仕事中のアイヴィに、新しいクライアントが声をかけた。

長いブロンドの髪をアップにまとめたアイヴィは、にっこりして顔をあげ、グリーンの瞳をきらめかせた。「お手数でなければ、いただきます」

マーセラがほほえみ返した。「いれたてのを持ってきてあげるわ」

「ありがとう」

「お安いご用よ。あなたはわたしを破産の危機から救ってくれた恩人ですもの！」

「わたしはただ、運用資金に余裕があることに気づいただけです」

年上の女性クライアントがくすっと笑った。「そこは見解の相違ね。コーヒーを持ってくるわ」

ヨーク邸での悲惨な週末から二年過ぎた今、アイヴィはアルバイトをやめ、ドリー・ハートから引き継いだ会計事務所で働いていた。ドリーはコリガン・ハートと結婚してからも会計士を続けていたが、増えつづける家族の世話で忙しくなり、仕事に支障が出はじめた。〝そんなときにあなたと出会えたのは神様のお導きだわ〟と、ドリーは笑って言った。そして、アイヴィにクライアントごとオフィスを譲り、現役から引退したのだ。

アイヴィはカレッジの最終学期にドリーと出会った。ドリーはアイヴィと同じ下宿にいたリタの友人で、アイヴィの噂《うわさ》を聞いて、会計事務所の引き継ぎの話を持ちかけてきたのだ。それはアイヴィにとって、夢のような申し出だった。

　その後、アイヴィは仕事の空き時間を利用して、ジェイコブズビルの牧畜協会のために寄稿するようになった。協会長を務めるコリガンとドリー夫妻への感謝の気持ちからしたことだったが、夫妻はアイヴィにきっちり原稿料を支払ってくれた。

　メリーは今、サン・アントニオの大病院で看護師として働いている。ふたりは月に二度ほど電話で話をしたが、お互いに忙しく、なかなか会う機会がなかった。アイヴィはスチュアートとのあいだに何があったのか、メリーに話そうとはしなかった。メリーもあえて何もきかず、ふたりともスチュアートのことを話題にするのを避けていた。

　アイヴィは仕事に専念し、スチュアートのことはなるべく考えないように努めてきた。そうこうしているうちに、ポプラや楓《かえで》が秋色に染まりはじめる季節となった。

　毎年、秋には地元の動物保護センターの運営資金調達のためのパーティが開かれることになっている。アイヴィは出席するつもりはなかった。だが、パーティの運営委員には保安官のヘイズ・カーソンもいる。最近彼は、アイヴィに関心をしめすようになっていた。

　アイヴィは複雑な気持ちだった。ヘイズのことは嫌いではないけれど、そばにいて胸がときめくほど好きでもない。

　ある金曜の午後、ヘイズがアイヴィの下宿に訪ねてきた。ベッドと鏡台しかない質素な部屋に男性を招き入れることにはためらいがあったので、アイヴィはポーチにあるぶらんこにヘイズと並んで座って話をした。

「今度の金曜の夜に開かれるダンス・パーティに、ぼくのパートナーとして出席してくれないか？」

　アイヴィは苦笑した。「わたし、もう何年もダンスをしてないから、踊れるかどうかわからないわ」

ヘイズの瞳がきらめいた。「ぼくがリードする」

アイヴィは真顔でヘイズを見た。シャープで生真《きま》面目《じめ》な顔をしたヘイズは、とびきりのハンサムだった。豊かなブロンドの髪は、強い日差しを浴びたためにメッシュが入っている。瞳は黒褐色で、眉が濃く、ほりの深い顔立ちをしていた。そして、身にまとった保安官の制服が、筋骨たくましい体をいっそう引き立てている。一見、ロデオ・ライダーのようなヘイズは長身で、広い肩と引きしまった腰、力強く長い脚の持ち主だった。ジェイコブズビルとその周辺に住む未婚の女性の憧《あこが》れの的でもある。だが、独身主義をつらぬくヘイズは、あまり女性に興味をしめさなかった。ユーモアのセンスもなさそうで、めったに笑顔を見せないが、その気になれば魅力的にふるまうことができた。

男性からデートに誘われたのは、アイヴィにとって久しぶりだった。いつもジーンズ姿の彼女は、お世辞にも女らしいとは言えない。その彼女を、ヘイズはダンスに誘ったのだ。アイヴィは困惑した。

「仕事ばかりしていると、気が変になるぞ」

「あら、お互いさまでしょう？　あなたが最後に休暇を取ったのは、四年前のことじゃない？」

ヘイズが低い声で笑った。「そうだったかな。ぼくは保安官の仕事が好きなんだ」

「それは誰もが知っていることだわ。あなたとキャッシュ・グリヤのおかげで、麻薬の売人がかなり減ったもの」

「確かに、検挙率は悪くない」ヘイズが認めた。「ぼくとダンス・パーティに行くのをためらうのは、ひそかに思いを寄せている相手がいるからかい？」

アイヴィは笑った。ヘイズの指摘はなかば真実だったけれど、認めるつもりはなかった。「そういうわけじゃないわ。わたし、男性とのおつき合いに慣れていないのよ」

「きみが男を避けてきた理由は知っている」ヘイズが唐突に言った。「だが、いつまでも過去を引きずっていてはだめだ。男がみんな、きみの父親と同じだと思わないでくれ」

アイヴィは表情を曇らせ、両手をきつく握りしめると、かなたの地平線に目をやった。「結婚前の父は非の打ちどころのない紳士だったと、母がよく言っていたわ。父の暴力的な性格に気づいたとき、母は妊娠中で、逃げようにも逃げられなかったの」

ヘイズがアイヴィの手を取った。「きみの親父《おやじ》さんはネヴァダから来たよそ者だった。みんな、彼のことをよく知らなかったんだ。だがきみは、ジェイコブズビルの住人をよく知っているだろう？　もちろん、ぼくのことも」

アイヴィはつい笑ってしまった。「確かにね。でも、あなたのことはみんながよく知っているわ。あなたの唯一の欠点は短気なところだけれど、相手が先に手を出さない限り、自分からは何もしないように心がけているんでしょう？」

「そのとおり。だから、一晩ぼくとふたりで過ごしても危険はない」

アイヴィはため息をついた。「そこまで言われたら、断りきれないわ」

「ふたりで楽しい時間を過ごそう。町の人たちに噂の種を提供して、集まった寄付金で動物保護センターを拡張するんだ」

「なんだか楽しそう。あなたは今、おつき合いしている女性がいないみたいね」

ヘイズが肩をすくめた。「ひとりでいるのが好きなんだ。〝アンディ〟というハンデもあるしな」

アイヴィは身を震わせた。「わたしもあなたの家に行くのはごめんよ」

「わかっているさ、女性はみんないやがるんだ。アンディはすごくおとなしいのに」

「それでも無理よ。鱗《うろこ》のあるルームメイトがいたら、結婚なんてできるはずがないわ」

「アンディとは六年越しのつき合いで、ぼくの唯一のペットなんだ」

「ほかにペットがいないのは、アンディに食べられてしまうからでしょう?」

ヘイズはうめいた。「アンディはベジタリアンだ」

「本当に? あなたがアンディを飼うようになってから、近所で行方不明になった犬や猫はいない?」

アイヴィはからかわずにはいられなかった。

「アンディは無害な牛と同じさ」

「アンディは牛には見えないわ。あなた、小学校で爬《は》虫類《ちゅうるい》について教えるために、アンディを連れていったんですって? 新聞の一面に載ったアンディの写真を見たわ……あのあと、あなたを学校に出入り禁止にする話も出たそうじゃない?」

「アンディは生徒に危害を加えたわけじゃない。クラスでいちばん背の高い女の子によじ上ろうとしただけさ」

アイヴィは必死に笑いをこらえた。「これに懲りて、小学校ではアンディをケージから出さないようにするのね」

「そのつもりだ。小さい女の子への恐怖心は、死ぬまでアンディの胸から消えないだろう」

アイヴィは首をふった。「とにかく、アンディがケージの外にいるときは、絶対にあなたの部屋に入らないわ」

「アンディは大きくなりすぎたから、ケージが嫌いなんだ。ふだんは冷蔵庫の上にいる」

「あなたはもっと外に出るべきよ」

「そう思ったから、きみをダンスに誘ったんだ」

アイヴィはため息をついた。「わかったわ。ふたりでダンス・パーティへ行きましょう。町の噂になりそうだけれど」

「ぼくは噂されても平気だ。きみもそうだろう？」

「まあね。パーティへは、ジーンズとウエスタン・ブーツで行けばいいの？」

「いいや。ドレスとハイヒールでないとだめだ」

「着飾るのは嫌いよ」アイヴィはつぶやいた。

「ぼくもそうだが、きみのためなら我慢できる。立派な目的のためのパーティだし」

「そうね」

「金曜の夜、六時に迎えに来るよ」

アイヴィはほほえんだ。「ドレスを買っておくわ」

「その意気だ！」


ヘイズがアイヴィをダンスに誘ったという噂は、すぐさま町じゅうに広まった。メリーもその噂を聞きつけ、パーティの二日前に電話をかけてきた。

「ヘイズにダンスに誘われたって本当なの？」メリーの声はうわずっていた。「彼、オーストラリア人の大富豪に乗り換えた恋人と別れてから、誰ともつき合っていなかったはずなのに！」

「二年も前の話でしょう。でも、ヘイズはいまだに彼女への未練を断ち切れずにいるんじゃないかしら。わたしは彼とダンス・パーティに行くだけで、結婚を申しこまれたわけじゃないのよ」

「向こうはその気でいるかもよ。独り暮らしが寂しくなったのかもしれない。彼は子供好きだし」

「先走らないで」アイヴィは友人をなだめた。「わたしもヘイズも結婚を考えてなんかいないわ」

「どうして？」

「ひとりのほうが気楽でいいから。ヘイズがわたしを誘ったのは、独身女性の知り合いがほかにいなかったからよ」

「あら、離婚経験者ならいくらでもいるわ」

アイヴィは首をふった。「今度のパーティは動物保護センターの拡張資金を調達するためのものなのよ」

「ヘイズが動物愛護精神を刺激されて、あなたをダンスに誘ったとは思えないわ。ひょっとしたら、しつこくつきまとってくる別の女性を遠ざけるためにあなたを利用するつもりかもね。兄さんみたいに」

「そういうことは、ヘイズよりあなたのお兄さんのほうが得意だと思うわ」アイヴィはスチュアートのことを考えたくなかった。彼とは長いこと顔を合わせていないのだ。

「当然よ。同じことを何度もくりかえしてきたんですもの」メリーがため息をついた。「でも、最近は誰ともつき合っていないみたい。女性と派手につき合うのは飽きたと当人は言っているけれど、本気で好きになった相手がいるのかもしれないわ」

「その可能性は低いんじゃない？」もしメリーの推測どおりだとしたら、アイヴィは悲しかった。

「でも、ありえないことじゃないわ。わたしも誰かに勤務を交代してもらって、金曜のパーティに行こうかしら」メリーが唐突に言った。

「誰と行くの？」

「ひとりで行くわ。わたしとも一曲ぐらい踊ってと、ヘイズに頼んでおいて」

アイヴィは笑った。「彼がわたしたちふたりを相手にしたら、町の人はびっくりするでしょうね。新しいダブルデートを推進していると思われそう」

メリーも声をたてて笑った。「高校時代、わたしはヘイズに夢中だったけれど、彼はわたしのことを見向きもしなかったわ。ちょうどそのころよ、ヘイズの恋人がオーストラリア人の富豪のもとへ走ったのは。わたしにつれなくした罰が当たったのよ」

「ヘイズは自分の牧場を持っているんでしょう？」

「おじいさんが遺《のこ》してくれた信託財産もあるはずよ。でも、ヘイズは自分の稼ぎで生活したいのよ。兄さんと同じで、独立心が旺盛《おうせい》だから」

「あなたもそうじゃない」アイヴィは指摘した。

メリーが笑う。「まあね」

「看護師の仕事はどう？」

「最高に楽しいわ。誰かが生きる助けになるのは、うれしいことだもの。この世には、看護師よりすばらしい仕事はないんじゃないかしら」

「病気の人の世話は大変でしょうね」

「大変？　本当にそう思う？」

「だって、病院で働いているんでしょう？」

「そういえばそうだったわ！」

アイヴィは笑った。「どうやら、あなたは天職を見つけたみたいね。わたしも会計事務所の仕事を楽しんでやっているわ」

「そのようね。よかったわ。それはさておき、レイチェルから連絡はあった？」

アイヴィは表情を曇らせて、深い息をついた。

「先週話したとき、麻薬の売人をしているジェリーと別れて、資産家の男性と同棲《どうせい》するつもりだと言っていたわ。相手の名前は教えてくれなかったけれど、既婚者みたい」

「レイチェルなら、ありえない話じゃないわ」

「でも資産家の男性が、麻薬づけになった女性を好きになったりするかしら。ろれつがまわらない状態で、女優の仕事ができるとも思えないし」

「あなたにあれこれ言ってこなくなっただけでも、よかったじゃない」

「それはそうだけれど、心配なのよ。たったひとりの身内だから」アイヴィは言い添えた。「うまくいけば資産家の男性の助けを借りて、ジェリーや麻薬との縁を切れるかもしれない。でも、奥さんに見つかったらおしまいよ。姉さんの期待どおりに、相手の男性が奥さんと別れてくれるとは思えないもの」

「男なんてそんなものよね」メリーも同意した。

「レイチェルはジェリーに別れ話を切り出してもめたの？」

「わからない。でも、姉さんは安楽な生活を約束されたと思っているわ。資産家の恋人にダイヤモンドをプレゼントされて」

「その見返りに何を要求されたかはきかないわ」

「わたしも、きく勇気はないわ」

「それじゃ、金曜のダンス・パーティで会いましょう。会場の場所と開始時間を教えて」

アイヴィは暗い気分で電話を切った。レイチェルの新しい恋人が有名人で、ふたりの関係を知った妻がマスコミでレイチェルを糾弾したらどうなるだろう？　レイチェルは厚かましく冷淡ではあるものの、精神的にもろいところがある。既婚男性との恋がスキャンダルになったら何をしでかすか、わかったものではなかった。

　最後に交わした会話のなかで、レイチェルはアイヴィに妙なことを頼んだ。船で届くはずの小麦粉の到着が予定より遅れていると、町のパン屋に伝えてくれというのだ。不審に思ったアイヴィが疑問をぶつけると、レイチェルは友達に依頼されただけだと答えた。

　そして資産家の恋人にも〝奥さんと別れないならふたりの関係をマスコミにばらすわ〟と、最後通《つう》牒《ちょう》をつきつけてやったと言った。そんなことをしたら彼の奥さんに報復されかねない……アイヴィがそうたしなめると、レイチェルは〝あんな女、わたしはまったく問題にしていないわ〟と笑って取り合わなかった。万一のときのこともちゃんと考えてあると言い、いつものようにアイヴィを嘲笑《ちょうしょう》した。

　ふたりはなごやかに会話を終えたわけではなかった。〝あなたはわたしに嫉妬《しっと》しているのよ〟レイチエルは言い捨てた。〝父親にも愛されなかったあなたは負け犬だわ〟

アイヴィも負けじと言い返した。〝わたしがひどい体罰を受けたのは、姉さんが父さんにわたしの悪口を吹きこんだせいよ〟

レイチェルは父親がアイヴィに暴力をふるっていたとは知らなかったらしく、ショックを受けたようだった。父親は姉のレイチェルを溺愛《できあい》していたが、使用人扱いしていた妹のアイヴィには容赦なく怒りをぶつけたのだ。

ほんの一瞬、レイチェルは過去を悔やむような声になったものの、恋人が来たからと言って一方的に会話を打ち切ってしまった。

携帯電話を置いたとき、アイヴィは小刻みに震えていた。レイチェルと実家で過ごした悲惨な日々を思い起こすと、みじめでたまらなくなった。

その後、パーティ・ドレスを買うためにブティックへ行ったアイヴィは、会計事務所のクライアントでもある女性オーナーから、オリジナル・デザインのドレスを貸してもらえることになった。

「これは展示用のドレスなの」マーセラ・ブラックが言った。「サイズはぴったりだと思うわ。カラーもあなたの瞳と同じ色合いのグリーンだから、よく似合うはずよ。金曜の午後五時にここへ来て。着付けをしてから髪をセットして、お化粧をしてあげる。金曜の夜、あなたはお姫様に生まれ変わるのよ」

「真夜中を過ぎたら蛙《かえる》になってしまうかも」

「まさか」アイヴィの冗談にマーセラは笑った。

「じゃあ、お言葉に甘えて、金曜の午後五時にここへ来るわ。ありがとう、マーセラ。恩に着るわ」

「ドレスのデザインをしたのはマーセラ・ブラックだって宣伝してきて。恩返しのつもりでね」

「はりきって宣伝してくるわ！」

パーティの夜、ミセス・ブラウンの下宿へやってきたヘイズは、制服の代わりにダーク・スーツと白のシャツを身にまとい、模様入りの青いネクタイをしめて、きれいに磨いた靴をはいていた。

アイヴィは二年前から乗っている中古のフォルクスワーゲンで、マーセラのブティックから帰ってきたところだった。マーセラはアイヴィにドレスを着せ、カールさせた長いブロンドの髪をアップに結いあげてから、薄い化粧をほどこした。アイヴィは見違えるほど美しくなった自分の姿を鏡で見て、驚かずにいられなかった。

ヘイズもドレスアップしたアイヴィを見て目をみはった。「きれいだ」感嘆したようにつぶやくと、シンビジウムの花が入ったプラスチックのケースを差し出した。「最近の女性は、花を手首につけて踊ると聞いたから」

「ええ。ダンスフロアでほかの人とぶつからないように、花をつけて踊るのよ。気を遣ってくれてありがとう」アイヴィはケースからシンビジウムの花を取り出した。「とってもきれいだわ」

「これなら気に入ってもらえるんじゃないかと思って。そろそろ出かけようか？」

アイヴィはマーセラに借りた小ぶりのしゃれたバッグを手に持って、シンデレラになったような気分で下宿をあとにした。

パーティ会場のコミュニティ・センターは人でいっぱいだった。ジェイコブズビルの名士たちも、こぞってやってきたようだ。ジャスティン・バレンジャーと妻のシュルビーは、大学院で畜産学を学んでいる長男と、高校卒業を間近にひかえた次男と三男を連れてきていた。兄弟は三人とも父親にそっくりだったが、末っ子だけは母親譲りのブルー・グレーの目をしていた。トレメイン家とハート家の兄弟たちも、それぞれ愛妻をともなって出席していた。マイカ・スティールとキャリー、夫婦で医者をしているルー・コルトレーンと夫のコパー、J・D・ラングリーとフェイ、マット・コールドウェルとレスリー夫妻、警察署長のキャッシュ・グリヤとティピー夫妻も来ている。会場の片隅には、相変わらず仲むつまじいジャド・ダンと妻のクリスタベルの姿があった。

「パーティは大盛況だな」ログハウスふうの会場へと続くステップをのぼりながら、ヘイズが言った。

「本当ね。このぶんなら、充分すぎるほどの寄付金が集まりそうだわ」

ヘイズがアイヴィにほほえみかけた。「ああ」

そこで偶然、パン屋のウィリー・カー夫妻とでくわし、アイヴィはレイチェルに奇妙な伝言を頼まれたことを思い出した。「ウィリー、レイチェルから伝言があるの」すかさず声をかける。

長身で黒髪のウィリーが困ったような顔をして笑った。「どうしてレイチェルがぼくに伝言を？」ウィリーが妻をちらりと見た。「ぼくはレイチェルと浮気をした覚えはないぞ。誓ってもいい」

「そういうたぐいの伝言じゃないわ」アイヴィは慌てて言った。「なんでも、船で着くはずの小麦粉が、予定を過ぎても届かないとか」

ウィリーが咳払《せきばら》いした。「思い当たるふしがないな。レイチェルはきっと、メッセージを伝える相手を間違えたんだ」

「たぶんそうね。ごめんなさい」アイヴィは気まずそうにほほえんだ。「姉さんは近ごろ、わけのわからないことばかり言っているから」

「まったく、どうかしているよ。小麦粉のことで、ぼくに苦情を言ってくるなんて」ウィリーはそう言って、妻をダンスフロアへと導いた。

ヘイズがアイヴィの手を取って、かたわらに引き寄せた。「レイチェルが言っていた小麦粉というのは、なんのことだい？」真顔できいた。

「それが、よくわからないのよ。ただ、届くはずの船荷がまだ到着しないとかで……」

「いつレイチェルに伝言を頼まれたんだ？」

「先週よ」アイヴィは困惑した。「なぜそんなことをきくの？」

ヘイズはアイヴィの手を引いて、警察署長のキャッシュ・グリヤのもとへ連れていった。キャッシュのかたわらには、赤毛で目をみはるほど美しい妻のティピーがいた。

「楽しんでいるかい？」キャッシュはふたりに声をかけ、ヘイズと握手をした。

ヘイズがキャッシュに歩み寄った。「レイチェルからパン屋のウィリーに伝言があった」

キャッシュが真顔になった。「伝言の内容は？」

ヘイズはウィリーへの伝言をこの場でくりかえすようアイヴィをうながした。

「何かの暗号か？」キャッシュがヘイズに尋ねた。

ヘイズがうなずく。「アイヴィがレイチェルに伝言を頼まれたのは、先週のことだ」

「偶然にしては、できすぎている」

「ああ」

「我々の推測が裏づけられたな」キャッシュがアイヴィに向きなおった。「レイチェルからまた伝言を頼まれたら、ヘイズに連絡してくれないか？」

アイヴィは途方に暮れた。「姉さんは犯罪にかかわっているの？」

「まだそうと決まったわけじゃない」ヘイズが否定した。「だが、犯罪にかかわりのある人物を知っているのは確かだ。この件は誰にも言わないでくれ」

「言わないわ。姉さんは今、資産家の既婚男性とつき合っていて、麻薬の売人をしているボーイフレンドと別れたがっているの。このぶんだと、悲惨なことになりそうだわ」

「麻薬に手を出した人間の末路は悲惨なものだ」ヘイズが陰鬱《いんうつ》な声で言った。

「そうでしょうね」アイヴィはふとティピーにほほえみかけた。今夜のティピーは、グリーンと白のシルクとシフォンで仕立てられたドレスをまとっている。「とってもすてきよ、ティピー」

「ありがとう」ティピーが笑顔で言った。「あなたもすてきよ。このドレス、マーセラがデザインしたものなの。あなたのドレスもそうでしょう?」

アイヴィは、にっこりしてうなずいた。「マーセラは驚くべき才能の持ち主だわ」

「ええ。実はわたし、彼女の作品を写真に撮って、ニューヨークにいる友達に送ったの。マーセラには内緒よ。あとでびっくりさせたいから」

「自分の作品がニューヨークで受け入れられたら、マーセラは大喜びするでしょうね」

「あれほどの才能を埋もれさせておくのは惜しいわ。彼女はもっと注目されるべきよ」

「話の邪魔をしてすまないが、ぼくはここへダンスをしに来たんだ」ヘイズがアイヴィの手を取った。

キャッシュが唇を引きむすんだ。「踊れるのか?」

「きみほどの名人ではないが、〝マカレナ〟なら踊れるさ」ヘイズがむっつりと言い返す。

「本当かい?」キャッシュがくすくす笑った。「ぼくも〝マカレナ〟は踊れる。彼女にも、ぼくが教えたんだ」キャッシュが妻をさしめした。

「だったら」ヘイズがにやりとした。「どっちがうまく踊れるか、勝負しようじゃないか」

ヘイズはバンド・リーダーに曲をリクエストして戻ってくると、アイヴィの体にそっと腕をまわした。やがてバンド・リーダーの合図とともに、〝マカレナ〟の演奏がはじまった。

少し前に大流行した〝マカレナ〟の踊り方は、アイヴィも知っていた。有名人がテレビで踊るのを観《み》ていうちに覚えてしまったのだ。〝マカレナ〟の踊り方を覚えている人は大勢いたらしく、ダンスフロアは笑いさざめく人々でいっぱいになった。

　ヘイズはアイヴィと楽しげに笑いながら、すばやい手振りもまじえ、実にみごとに踊ってみせた。曲が終わりに近づいたところでアイヴィは息切れし、ヘイズのたくましい胸に頬を寄せた。

「わたし、運動不足だったみたい！」アイヴィは息を弾ませて言った。「仕事ばかりしていないで、もっと外に出るようにしないと」

「同感だな」ヘイズがにっこり笑った。

　ちょうどそのとき、アイヴィはパーティ会場の出入口のほうに目をやった。彼女の視線の先には、敵意をむき出しにした淡いブルーの瞳があった。燃えさかる怒りの炎を宿した目でスチュアート・ヨークに見つめられ、アイヴィの心臓は早鐘のようにとどろきはじめた。

5

　アイヴィは、これほど激しい怒りのこもった目でスチュアートに見つめられたことはなかった。兄のかたわらに立っているメリーは笑顔だったが、ヘイズと一緒にいるアイヴィを見て、少しばかり顔をこわばらせた。

　メリーとスチュアートはパーティ会場にいる知人に挨拶《あいさつ》しながら、アイヴィたちのほうへやってきた。アイヴィはただ、久しぶりに会ったスチュアートを見つめることしかできなかった。二年前、ヨーク邸のバスルームで熱い口づけを交わしてから、彼はアイヴィを避けているようだった。

　スチュアートを前にして、アイヴィは急に恥ずかしくなった。一方のスチュアートは平然としていて、こちらに向けられた淡いブルーの瞳は、危険な輝きを放っている。

「ヘイズ、あなたはダンスをしないはずじゃなかったの？」メリーがぎこちない笑みを浮かべた。

「いつもはしない」ヘイズがほほえみ返す。「だが、その気になれば踊れるさ」

「今夜のパーティは大成功だわ。町の動物保護センターのために、多額の寄付金が集まりそう」アイヴィはメリーに向かって言った。

「ぼくは毎年、小切手を送っている」スチュアートの口調はそっけない。

「今夜は、ふたりで来たのかい？」ヘイズがきいた。

「お互いに、パートナーがいなかったから一緒に来たの」メリーが答えた。「わたしがここへ来たのは、アイヴィに会うためよ。長いこと顔を合わせていなかったから」

アイヴィは困惑した。今夜のメリーは、いつもとどこか違う。

「まさか、きみが看護師になるとは思わなかったな」ヘイズがにやりとした。「以前、きみがよく乗りまわしていた馬が怪我《けが》をしたことがあったろう？あのとき、傷を縫合するのを見てきみが失神したこと、今でもよく覚えているよ」

「わたしにとっては忘れたい思い出だわ」メリーがうめく。「失神して倒れた場所が悪かったのよ」

「確か、体にこびりついた馬糞《ばふん》のにおいを落とすために、三度も風呂に入ったんだったな」スチュアートが笑いながら口をはさんだ。

バンドがスロー・バラードを演奏しはじめると、ヘイズがメリーに顔を向けた。「踊ろうか？」

メリーは躊躇《ちゅうちょ》している。

「遠慮しないで」アイヴィは笑顔でうながした。

メリーはヘイズに導かれ、ダンスフロアへ歩を進めた。ヘイズの力強い腕に抱かれてスロー・ダンスを踊りはじめたメリーの顔には、幸せそうな表情が浮かんでいるようだった。

「ミスター・ヨーク、あなたは踊らないの？」ティピーがきいた。

　スチュアートが両手をポケットに突っこんだ。

「あいにく、不調法なものでね」

ティピーがほほえんだ。「わたしもダンスは苦手よ。だから今、特訓中なの」

　キャッシュが妻をかたわらに引き寄せた。「さっそく練習をはじめよう。ちょっと失礼」

　スチュアートとふたりでその場に残されたアイヴィは不安でたまらなくなった。

　スチュアートが値踏みするような目で彼女を見た。

「すてきなドレスだ」深みのある声で言う。

「ありがとう」アイヴィは、はにかみながら説明した。「クライアントのブティック経営者の女性が、売り出し中の新作を貸してくれたの」

「きみは歩く広告塔というわけか」

　アイヴィはほほえんだ。「そんなところよ」

　スチュアートが妹に視線を投げた。「メリーは一時期、ヘイズに夢中になったことがある。今はもう熱がさめたようだが、ヘイズは命知らずの男だ。保安官になってから、二度も銃撃戦に巻きこまれている。メリーに保安官の妻は務まらないだろう」

「でも、彼女は看護師になったのよ」

「病院の患者は、元気になれば自分の家に帰る。だが、保安官や警官には、妻が待つ家に無事に戻れるという保証はない」

　アイヴィはメリーに申し訳ないことをしたような気がした。ひょっとしたらメリーは今でも、ヘイズへの思いをひそかに抱きつづけているのかもしれない。スチュアートはヘイズを嫌ってはいないものの、妹にはふさわしくない相手だと考えている。兄を崇拝しているメリーが、あえてその意向にさからうようなまねをするはずがなかった。

「今夜はなぜ、ヘイズと一緒に来たんだい？」

　アイヴィはぶしつけな質問に驚いた。とはいえ、〝よけいなお世話よ〟と言う度胸はなかった。

「お互いに適当なパートナーが見つからなかったからよ」

「ヘイズは金持ちで、独り者だ」

「何が言いたいの？」

「きみはもうじき二十一歳になるはずだ」

「そのはずよ」

　スチュアートはまばたきすらしなかった。「きみは以前、声楽を学びたいと思っていたそうだな」

「でも、生まれ故郷の町を離れたいとも思わないわ。オペラ歌手になるわけでもないのに、声楽を学ぶなんて時間の無駄よ」

「死ぬまで他人の帳簿づけをするつもりかい？」

「わたしは会計士の仕事が好きなの。今は、地元の牧畜協会のために寄稿もしているのよ」

　スチュアートは何も言わず、ヘイズとダンスを踊る妹をしばらく見つめていた。それからおもむろにアイヴィの手を取り、ダンスフロアへ導いた。

「あなたはダンスをしないはずでしょう？」

　スチュアートが肩をすくめた。「さっきは嘘《うそ》をついたんだ」彼は曲に合わせて優雅に踊りながら、アイヴィの体を自分のほうへぐいと引き寄せた。

　アイヴィは息をするのもままならなかった。恍惚《こうこつ》としているうちに、二年前に彼と交わした甘い口づけの記憶がよみがえってきた。わたしは夢を見ているのかしら？　もしそうなら、心ゆくまで楽しもう。アイヴィは両目を閉じると、たくましい胸に身を預けて吐息をもらした。その瞬間、長身のスチュアートの体に震えが走った。

　スチュアートの唇が額にふれたとき、アイヴィは天にも昇る心地がした。

だが、至福のときは長続きしなかった。曲が終わると同時に、スチュアートが身を引いたのだ。アイヴィは虚《むな》しくなり、自分で自分を抱きしめるように体に両腕をまわし、無理にほほえんでみせた。

スチュアートが食い入るような目で彼女を見た。

「そのドレス、よく似合うよ。きみの瞳と同じ色だ」

アイヴィは思いがけないほめ言葉に驚いて、ぎこちなく笑った。「そうかしら?」

スチュアートが口元をほころばせた。彼のそんな笑顔を見たのは、初めてだ。淡いブルーの瞳をダイヤモンドのようにきらめかせ、少年のようにほほえむスチュアートを見て、アイヴィも笑顔を返した。

メリーが不思議な笑みをたたえて戻ってきた。

「どう? 楽しんでる?」

「ええ。さっきのダンスは最高だったわ」アイヴィはスチュアートから目をそらして言った。

「わたしもそう思う」メリーがうなずく。

ダンスフロアから戻る途中でハーリー・ファウラーに呼び止められたヘイズは、意気消沈した様子でアイヴィたちのところへやってきた。

「麻薬取り引きに関する情報が入った」ヘイズが声をひそめて言った。「コカインを満載したトラックを発見したんだ。ぼくも今すぐ現場へおもむかなければならない。長期にわたる囮《おとり》捜査が、ようやく実を結びそうだ」ヘイズがアイヴィに目を向けた。「部下に命じて、きみを下宿まで送らせるよ」

「彼女はぼくが送ろう」スチュアートが申し出た。

「ありがとう」ヘイズは礼を言い、アイヴィにほほえみかけた。「初めてのデートがだいなしになってしまったな。この埋め合わせは、きっとするよ」

「わたしのことは気にしないで、ヘイズ。あなたは自分の仕事をしてちょうだい」

「そう言ってもらえると助かるよ。またな、メリー」ヘイズはメリーにウインクしてから、スチュアートに軽く会釈して歩み去った。

メリーは下唇を噛《か》みしめて、パーティ会場を出ていくヘイズの後ろ姿を見送っていた。

「ねえ、ポンチを飲まない？」アイヴィは親友に声をかけた。「おいしそうだわ」

メリーはうわの空だった。「ええ、そうね。でも、ポンチを飲む前にシェルビー・バレンジャーと話がしたいの。すぐ戻るわ」メリーが行ってしまったので、アイヴィは二つのグラスにポンチを注《つ》ぎ、その一つをスチュアートに渡そうとした。

「トロピカル・ポンチは好きじゃない」

「じゃあ、コーヒーを飲む？」

「ああ。砂糖なしでクリームを入れてくれ」

「同じね。わたしもクリームだけ入れるの」

アイヴィはカップにコーヒーを注いでクリームを入れ、スチュアートのほうへ差し出した。小刻みに震える彼女の手を、彼の大きな手が包みこんだ。

「怖がらないで」スチュアートがささやいた。

彼のてのひらのぬくもりが、アイヴィの胸をときめかせた。淡いブルーの瞳で見つめられ、彼女は喜びと興奮と恐れを感じた。こんな気持ちになったのは二年ぶりだった。ヨーク邸のバスルームでスチュアートと交わした口づけの記憶は、夢のなかまでアイヴィにつきまとい、ほかの男性に心を動かす隙《すき》を与えなかった。

アイヴィは神経質に笑いながらカップを放した。

「クリームはこのぐらいでよかったかしら？」

スチュアートはうなずいて、何も言わずにコーヒーに口をつけた。アイヴィも無言でポンチを飲んだ。

そこへ笑顔のメリーが戻ってきた。「ボーダー・コリーの子犬が生まれたら一匹譲ってくれるよう、シェルビーに頼んできたわ」

「看護師に牛追い犬は必要ないだろう？」

「わたしが担当している病棟に脳腫瘍《のうしゅよう》の女の子がいるの。その子が、手術を前にしてひどく怯《おび》えているのよ。で、彼女が飼いたがっていたボーダー・コリーの子犬をあげて、難しい手術を乗り越えてもらおうと思って」

「その女の子はいくつなの？」

「十歳よ」

　アイヴィは顔をしかめた。「まだ幼いのに大病をわずらうなんて、かわいそうに」

「だが、子犬の存在は大きな希望になるだろう。おまえは最高の妹だよ、メリー」

　メリーがほほえむ。「兄さんも最高よ。でも、アイヴィの前でふたりして感涙にむせぶのはよくないわ」

「アイヴィに気まずい思いをさせるわけにはいかないな」スチュアートがいたずらっぽい目をしてカップを置いた。「踊ろうか」

スチュアートはそう言うと、アイヴィをふたたびダンスフロアへ導いた。

　その夜、アイヴィは最高に幸せだった。彼女と踊ることで町の人々に注目されても、スチュアートは平然としていた。プレイボーイとして知られる彼が、浮いた噂《うわさ》一つないアイヴィに並々ならぬ関心をしめしたのは、驚くべきことだった。

　メリーはいろいろな男性と踊ったが、ヘイズが立ち去ってから、どことなく沈んでいるようだった。一度は消えたはずの恋の炎が、ふたたび熱く燃えあがろうとしているのかもしれない。

　パーティが終わるとメリーは、ベイツ家の双子のひとりに送ってもらうことにしたからと言って先に行ってしまった。スチュアートはアイヴィの手を取って外に出て、愛車のジャガーが停《と》めてあるところまで連れていった。

「パーティでこんなに楽しい思いをしたのは初めてだ」スチュアートが言った。

「わたしも楽しかったわ」アイヴィもにっこりした。

「夜はたいてい仕事をしていて、外出しないから」

「メリーがサン・アントニオで働くようになってから、ふたりで会う機会が減ったようだな」

「そうかもしれない。でも、メリーがわたしのいちばんの親友であることに変わりはないわ」

しばらくの沈黙のあと、スチュアートがきいた。

「レイチェルから連絡は？」

「先週、電話があったわ」

「どんな様子だった？」

スチュアートがなぜレイチェルの近況を尋ねるのか、アイヴィは不思議に思った。「いつもと同じだったわ」違っていたのは、レイチェルが資産家の既婚男性とつき合っていて、有頂天になっていたということだけだ。

スチュアートがアイヴィに鋭い視線を投げた。

「ぼくが聞いた話とは違うな」

アイヴィは胸がふさがる思いだった。スチュアートは裕福な上流階級の人々とつき合いがある。レイチェルの新しい恋人を知っている可能性もないわけではない。「あなたが聞いた話って？」

「近々、レイチェルにまつわる大スキャンダルが表に出るかもしれない。今夜のパーティに出席したのは、そのことについてきみと話をするためだ。噂好きのミセス・ローズがいるぼくの家や、きみの下宿で、こういう話はできないからな」

アイヴィの心臓は早鐘のようにとどろいた。レイチェルが起こすトラブルから解放される日は、永遠にやってこないのかしら？

「そんな顔をするな。きみがいくら諌《いさ》めてもレイチェルが耳を貸さないことは、ぼくも承知している。だが、ある日突然、取材熱心なジャーナリストがやってきて、きみに個人的な質問をぶつけたとしても、驚かないでほしいんだ」

アイヴィは両手に顔をうずめてきいた。「騒ぎになりそうなの？」

「かなりひどい騒ぎになるだろう」スチュアートは未舗装の道にジャガーを乗り入れてエンジンを切った。アイヴィが不安げにあたりを見まわすと、スチュアートが言葉をついだ。「ここはぼくの所有地だ。きみの下宿の前で話をして、ミセス・ブラウンに聞かれたくない」スチュアートはシートベルトをはずしてアイヴィに向きなおり、片腕を助手席の背にまわした。「タブロイド紙に記事が載る前に、きみに事情を知っておいてほしいんだ」

アイヴィは苦渋に満ちた顔をした。キャッシュと結婚する前、ティピーはタブロイド紙にゴシップ記事を書きたてられて苦労した。マット・コールドウエルの妻のレスリーも同じ被害に遭っていた。アイヴィは自分がマスコミ攻勢にさらされるはずはないと思っていたが、姉のレイチェルは何度かブロードウェイの舞台に立ち、将来有望な女優として認められつつある。あきらめずにオーディションを受けつづけた努力が実り、女優への道が開けはじめたのだ。

「話を聞かせて」アイヴィは静かに言った。

「レイチェルは世捨て人めいた老人を誘惑し、麻薬を提供していたようだ」スチュアートが言った。「その老人には、美人コンテストで優勝した新婚の妻がいる。彼女は夫とその財産をほかの女と共有するつもりはない。その女が駆け出しの女優で、麻薬の売人をしている情夫までいるとなれば、なおさらだ。知人の話によると、彼女はすべてをマスコミに暴露する気でいるらしい。そうなれば、レイチェルは二度とブロードウェイの舞台に立てないだろう。老人の妻が私立探偵を雇って探り出した事実が明るみに出たら、レイチェルもボーイフレンドと一緒に刑務所送りになるかもしれない。レイチェルはメキシコの麻薬王ともかかわりがあるようだからな」

アイヴィは真っ青になった。レイチェルに頼まれたウィリーへの伝言は、やはり暗号だったのだ。姉が麻薬の密売にかかわっていたと聞き、アイヴィはすっかり怯えた。「わたし、アマゾンの奥地へ逃げこんでしまいたい」

「逃げても問題は解決しない」

アイヴィはたまらずにシートの背にもたれた。タブロイド紙に記事が載ったら、小さな町は大騒ぎになるだろう。レイチェルの妹であるアイヴィも、町の人々の好奇の目から逃れられそうになかった。

アイヴィはぞっとして、自分で自分を抱きしめた。

「きみが高校生だったころ、レイチェルはきみに関する悪意ある噂を町じゅうにばらまいた」しばらくして、スチュアートが言った。「二年前まで、ぼくもレイチェルがついた嘘を信じていた。それでも、彼女が町を出るよう取りはからいはしたが」

アイヴィは赤面した。スチュアートの話を聞いて初めて、レイチェルが突然ニューヨークへ旅立った理由がわかったのだ。レイチェルはわたしがスチュアートに庇護《ひご》されていると思いこみ、嫉妬《しっと》心からわたしにつらく当たったんだわ！

「学生時代、きみはよく〝転んで〟怪我をして、医者の世話になったそうだな」

アイヴィはぎくりとして、即座に答えた。「わたし、運動神経が鈍いから」

「そうじゃない！　きみの悪口をレイチェルに吹きこまれた父親が深酒をして、きみに暴力をふるったんだ。レイチェルがきみのことをあしざまに言ったのは、父親の財産を独り占めにするためだ」

秘密にしていた家庭の事情をスチュアートに知られたと思うと、アイヴィは胸が悪くなった。「父さんは姉さんを溺愛《できあい》していたのよ」

「きみは実の娘ではないと信じてもいたようだ」

アイヴィは愕然《がくぜん》とした。「なんですって？」

「きみは何も知らされていなかったようだな」スチュアートがつぶやいた。「レイチェルが言うには、お母さんが息を引きとる前に告白したそうだ。夫以外の男性と関係を持ち、きみを身ごもったと」

衝撃のあまり、アイヴィは言葉を失った。「それは……本当なの？」動揺した声できく。

スチュアートは答えるのを躊躇した。「わからない。だが、真実を知りたいと思うなら、ＤＮＡ鑑定をすればいい。それぞれの血液型から、親子である可能性を探ることもできる。ＤＮＡ鑑定ほど確かなものではないが、きみが実子であるかどうかを知る助けにはなるはずだ」

「親子関係を立証する手助けをしてくれるの？」

「もちろんだ」

スチュアートから聞いた話のすべてを一度に受け入れるのは、アイヴィにとって難しいことだった。父さんがわたしにつらく当たったのは、母さんが浮気をして、わたしを身ごもったと信じていたからなんだわ！　レイチェルは父親の思いこみを利用して、全財産を自分のものにしたのだ。

「というより、レイチェルはわたしが嫌いなのね」

「というより、嫉妬しているんだ」

「そうよね。わたしは美しすぎるから、嫉妬されて当然だわ」アイヴィは皮肉っぽく言った。

スチュアートが手を伸ばし、ひとふさの金髪にふれた。「自分は醜いあひるの子だと考えるのはよせ。レイチェルは、きみの人柄に嫉妬しているんだ。きみはいつでも、他人の短所ではなく、長所に目を向けようとする。人の噂をしたり、嘘をついたりすることもない。そして、困っている人や嘆き悲しんでいる人には、必ず救いの手をさしのべる。自分のことしか頭にないレイチェルは、そんなきみといると劣等感にさいなまれるんだろう。だから、きみに憎しみを抱くようになったんだ」

「男の子はみんな、きれいなレイチェルを好きになったわ」

「きみが好意を寄せた少年たちもそうだった」スチュアートがわけ知り顔でうなずいた。「レイチェルはきみのボーイフレンドを奪い、メリー以外の女友達を遠ざけさせて楽しんでいた。メリーにも、きみが悪い仲間とつき合っていると嘘をついたらしい」

スチュアートが顔をそむけた。レイチェルがばらまいた噂は、妹を通じて彼の耳にも届いたのだろう。

「驚きね。悪い噂を聞いても、わたしからメリーを引き離さなかったなんて」

「引き離そうとしたさ」スチュアートがアイヴィを見た。「だが、メリーはぼくの忠告に耳を貸そうとしなかった。そのうちに、レイチェルがまき散らした噂は嘘だとわかったんだ」

アイヴィはいたたまれなくなった。バスルームで口づけを交わしたとき、スチュアートはわたしに男性経験がないことに気づいたのだろう。

「医者のコパーは、ぼくのまたいとこで、仲のいい友人でもある。だから、レイチェルが町へ帰ってきたときのことを考えて、ぼくにきみの家庭の事情を話してくれたんだ。そのときすでに、ぼくは個人的に雇った私立探偵から情報を得ていたが」

アイヴィは恥ずかしくて、スチュアートの顔をまともに見ることができなかった。

「きみは父親に暴力をふるわれていたことを誰にも打ち明けなかったようだな」

「メリーにも言えなかったわ」

「メリーは察しがいいから、きみが何も言わなくても気づいていたようだ」

アイヴィは下唇を噛みしめてスチュアートを見た。彼も子供のころ、父親にひどい折檻《せっかん》をされたのだ。

「あなたもお父さんの体罰を受けていたそうね？」

一瞬のためらいのあと、スチュアートが苦渋に満ちた顔でうなずいた。「ああ。だが、そのことは家族以外の誰にも話さなかった。いやな思い出さ」

「当時と同じことを今したら、児童虐待で逮捕されるでしょうね」

スチュアートがかすかにほほえんだ。「ぼくたちの父親は、隣り合った牢獄《ろうごく》に入れられるかもしれないな」スチュアートが吐息をもらし、アイヴィの喉を指でなぞった。アイヴィの心臓がとどろきはじめる。「自分が受けた苦痛を、我が子には味わわせたくない」

「わたしもそう思うわ」

スチュアートがまたほほえんだ。「人は育ち方で変わるものだ。どんな家庭に生まれるか、自分で選べないのは残念だね」

「本当ね」アイヴィはスチュアートの瞳の奥をのぞき見た。「今度のスキャンダルが表ざたになったら、ブロードウェイで主役を演じるというレイチェルの夢は打ち砕かれてしまうわ。最悪の場合、麻薬密売の罪で刑務所送りになるかもしれない。そうなったら、何をするかわからないわ。レイチェルは精神的にもろいところがあるから」

「確かに、攻撃される立場にまわったら弱いだろうな」スチュアートが言った。「だが、人は誰でも、みずからが選んだ道を歩んでいくものだ。その結果どうなろうと、自分でなんとかするしかない」

アイヴィは小首をかしげた。「あなたも進むべき道をあやまったことがあるの？」

「何もしないで後悔したことはある」スチュアートは謎《なぞ》めいた言葉を口にし、アイヴィのうなじに手を置いた。「おしゃべりの時間は、これで終わりだ」そう言って、彼女の顔を自分のほうへそっと引き寄せた。「怖がらないで」アイヴィの口元に唇を寄せてささやく。「こういう車に乗っていると、うまくできないことがある……」

　アイヴィは官能の喜びに恍惚としていた。その感覚は二年前にキスをされたときより、もっと刺激的だった。久しぶりの口づけを受けて大胆になったアイヴィは、スチュアートのうなじに両腕をまわし、みずから唇を開いた。スチュアートがうめくような声をもらし、ぞくりと身を震わせる。一瞬のためらいのあと、彼は助手席に座っていたアイヴィを抱きあげて自分の膝にのせ、濃厚なキスをした。

　スチュアートの大きな手がドレスの下へ滑りこみ、ブラジャーに包まれた柔らかなふくらみにふれたとき、アイヴィは思わず息をのんだ。

　スチュアートが顔をあげ、温かい笑みを浮かべた。

「きみはこれから、未知の世界を探検するんだ」優しくからかうように彼は言った。「今までの遅れを取りもどさないと」

「あなたがわたしの案内役になってくれるの？」

「すみずみまで案内してあげるよ」スチュアートがつぶやいて、彼女の胸元に視線を落とした。アイヴィの胸が高鳴るにつれ、ドレスの胸元を飾るフリルが小刻みに震えはじめた。

「なんだか不安だわ」アイヴィは息を弾ませた。

「ぼくもさ」スチュアートがふたたび彼女に唇を寄せた。「この瞬間をどれだけ待ちわびたことか。待ち時間があまりにも長かったから、もう少しで気が変になるところだったよ」

　アイヴィがその言葉の意味を推しはかろうとしているうちに、スチュアートの唇が彼女のなかば開いた唇をふさいだ。ブラジャーの下へ滑りこんだ手が、柔らかなふくらみをたくみに愛撫《あいぶ》しはじめる。アイヴィはあらがうことを忘れてスチュアートにすがりつき、この瞬間の喜びに身をゆだねた。

6

アイヴィがめくるめく快感に浸っていたとき、喜びに満ちた世界のどこかで、耳ざわりな音が鳴り響いた。

スチュアートが顔をあげ、バックミラーに目をやって顔をしかめた。「まいったな」

彼の視線をたどると、一台のパトカーが猛スピードでこちらへ向かってくるのが見えた。

「ヘイズだ」スチュアートが小声で悪態をついた。

ジェイコブズビルの白いパトカーは、ジャガーの横をいったん通り過ぎてから、Uターンして戻ってきた。スチュアートとヘイズが運転席の窓越しに向かい合ったとき、アイヴィは目立たないように助手席に戻り、髪と服装の乱れを直していた。さいわい、今は夜なので、スチュアートの濃厚なキスの名残をとどめた唇や、くしゃくしゃになった髪をヘイズに見られずにすみそうだった。

「不法侵入だぞ」スチュアートがゆっくりと言った。「ここはぼくの私有地だ」

ヘイズがスチュアートを見返した。「ついさっき、トラックで麻薬を運んでいた連中を検挙した。車内には武装した男が三人いて、うちふたりは逮捕したが、残るひとりは武器を所持したまま逃走中だ」

「なんてことだ」スチュアートがつぶやく。

「途中で車を奪って逃げている可能性もある。車が一台、野原の真ん中に停《と》まっていたら不審に思われて当然だ。こんなところで何をしていたんだ？」

「DNA鑑定について話し合っていたのさ」

「なるほどね」ヘイズは納得していないようだった。

「ここで何をしていたにせよ、早くアイヴィを下宿に送り届けたほうがいい。密売組織の連中は危険だからな。部下のひとりが腰を銃で撃たれて、病院に搬送されたんだ」

「組織のやつらを一網打尽にできればいいが」

「そうだな。じゃあ、また」

ヘイズが運転するパトカーは、サイレンを響かせて走り去った。

スチュアートが苦い顔をしてアイヴィを見た。

「今夜はここまでにしておこう。こんな時間に麻薬の売人どもと渡り合う気にはなれないからね」

「わたしもよ」アイヴィはそう言いつつも、喜びに満ちたひとときを中断されて失望感を覚えていた。

「残念だが、しかたがない」スチュアートがエンジンをかけながら言った。「タイミングと場所の選択をあやまったようだ」

スチュアートはふたたびジャガーをハイウェイに乗り入れて、アイヴィの下宿へと急いだ。


下宿に着くと、彼は先に車から降りて助手席のドアを開け、アイヴィを玄関まで送っていった。そして、人目につかない場所に立ち、悲しげな目をした彼女の腰に手をそえた。「きみのお父さんについて、ひどいことを言ってすまなかった」

「タブロイド紙を通じて知らされるより、あなたから話が聞けてよかったわ」

腰に置かれたスチュアートの手に力がこもった。

「親子関係を証明する方法について、コパーに相談してみるといい。きっと助けになってくれるはずだ。費用はぼくが持つ」

「わかったわ」

「レイチェルのことで、あまり気に病むなよ」

「ええ。でも、わたしにとって、姉さんはたったひとりの肉親だから」

「きみの優しさが彼女に通じるとは思えないが」

スチュアートが身をかがめ、アイヴィの感じやすい唇にそっとキスをした。彼女が爪先《つまさき》立ちになって口づけに応《こた》えると、彼はアイヴィの体を自分のほうへ引き寄せて、お互いの腰を密着させた。アイヴィはいまだかつて経験したことのない強烈な快感に浸りつつ、スチュアートのたくましい肩に爪を立てた。

アイヴィの唇からうめくような声がもれたとき、スチュアートはつのる欲望を無理やり抑えこみ、名残惜しげに身を離した。

スチュアートの口づけは、アイヴィが夜に夢見たものよりもずっと甘かった。

「人前でこれ以上のことはできない」スチュアートがささやいた。

「わたしたち、誰かに見られているの？」

スチュアートが大きく息を吸った。「あのままキスをしつづけたら、きっと人目についていただろう。きみの唇は、ぼくが夢見た以上に甘いからな」

「あなたの口づけも、夢のなかで交わしたキスより甘かったわ」アイヴィはもう一度、彼と唇を重ねたくてたまらなかった。

スチュアートは彼女の気持ちを察しつつも、なんとか自制心を働かせた。「明日、ぼくは会合のためにデンバーへ飛ばなければならない。向こうに着いたら電話するよ」

アイヴィは心臓が宙返りするほど驚いた。

スチュアートが彼女の瞳をのぞきこんだ。「時は流れ、人は変わるものだ。きみは来月、二十一歳になるんだったな？」

アイヴィは魅せられたようにうなずいた。

スチュアートが真顔になった。「きみはまだ若い。だが、年の差などもうどうでもいい……」

スチュアートはアイヴィを抱き寄せて、むさぼるようなキスをした。アイヴィは荒々しい口づけを受けながら背伸びして、彼のうなじにすがりつき、〝夢なら覚めないで〟とひそかに願った。

アイヴィがかすかにうめくと、スチュアートは唐突に身を引いた。「トラブルに巻きこまれるなよ」荒い息をしながら言った。

「大丈夫よ、わたしはトラブルには縁がないから」アイヴィは彼の口元を見つめた。

スチュアートがほほえんだ。「今まではね」

「どういう意味？」

スチュアートがアイヴィに軽くキスをした。「ぼくとかかわったからには、今までのようにはいかないということさ。なかに入ったら、忘れずにドアに鍵《かぎ》をかけろよ」

アイヴィは彼の言葉の意味に気づくと、はっと息をのみ、去っていく彼の後ろ姿を名残惜しげに見送った。スチュアートは愛車に乗ってエンジンをかけたが、アイヴィが下宿に入るのを見届けるまで、その場で待つつもりらしい。アイヴィは彼の心遣いをうれしく思いつつ、挨拶《あいさつ》がわりに手をふって、玄関からなかに入った。スチュアートはポーチの明かりが消えるのを待って走り去った。

翌朝、アイヴィが朝食の席につくと、ミセス・ブラウンとリタが笑顔で迎えてくれた。

「ゆうべは楽しかった？」ミセス・ブラウンがきいた。「下宿まで送ってくれたのは保安官じゃなくて、スチュアート・ヨークだったみたいね？」

「ええ」アイヴィは頬を染めた。「ヘイズは事件があって緊急出動したから」

「ラジオで聴いたわ。クラーク保安官代理が銃撃されて、病院にかつぎこまれたそうね」リタが言う。

「容疑者のひとりも、ヘイズに撃たれたらしいわ」ミセス・ブラウンがつけ足した。

「パーティからの帰り道でヘイズに会って、保安官代理が怪我《けが》をしたという話は聞いたわ」アイヴィは言った。「でも、ヘイズが運び屋を撃ったとは知らなかった」

「撃たれたのは、麻薬を積んだトラックを警察が停めたときに逃げた男みたいよ」ミセス・ブラウンが説明する。「警察署の司令室で働いている娘から聞いたの。ハイウェイのそばの鶏小屋に不審者が隠れているのをヘイズが見つけて、銃撃戦になったんですって。運び屋が撃った弾は当たらなかったけれど、ヘイズは狙《ねら》いをはずさなかったらしいわ」

「ヘイズは命知らずだから」アイヴィはかぶりをふった。「よほど胆のすわった女性でない限り、彼の妻にはなれないわ」

「ヘイズが今でも独り身でいるのは、そのせいかもしれないわね」リタも同意した。「ヘイズは高校に通っていたころから気が短くて、無茶ばかりしていたのよ。十七歳になるとすぐ警察で働きはじめたのは、父親の影響でしょうね」

「彼のお父さんは、すばらしい人だったわ」アイヴィは笑みを浮かべた。「花が大好きで、自宅の庭できれいな花をたくさん育てていたのよ」

「ヘイズは花を育てたりしないでしょうね」ミセス・ブラウンが言った。

「ヘイズには弟がいたけれど、麻薬の過剰摂取で死んでしまったわ。噂《うわさ》によると、ヘイズは何がなんでも弟のかたきを討つつもりでいるみたい」リタはそこでため息をついた。「だから、弟のボビーにコカインを買い与えたのはミネット・レイナーだという考えを捨てきれないのよ。ミネットがそんなことをするはずないのに」

アイヴィはうなずいた。「そうね。でも、ヘイズには執念深いところがあるから、疑惑が完全に晴れるまで追及を続けるんじゃないかしら」

「ヘイズが犯罪に目を光らせていてくれるおかげで、安心して暮らせるわ」ミセス・ブラウンが笑った。

アイヴィは、スチュアートのことを考えつつ食事をした。見た目はいつもどおりでも、体内では、ゆうべ初めて知った欲望と期待が燃えたぎっていた。

その日、アイヴィは何人かのクライアントのもとを訪れたが、スチュアートからの電話が待ち遠しくてならなかった。あれは口先だけの約束だったのかもしれないという不安はぬぐい切れないものの、ゆうべのスチュアートは真剣そのものだった。別れぎわに交わした口づけのことを思うたび、アイヴィの胸はときめいた。むさぼるようなキスのあと、息を弾ませていたのは彼女だけではなかった。年上で経験豊かなスチュアートにとってはつかのまの喜びだったかもしれないが、アイヴィにとっては至福の喜びだった。

ランチタイムにカフェでサンドイッチを食べていたとき、電話の呼び出し音が鳴り響いた。アイヴィは大慌てでバッグから携帯電話を取り出した。約束どおり、スチュアートが電話してくれたのだ！

「もしもし、わたしよ」メリーの陽気な声がした。

「あら、メリー」アイヴィは失望を隠して言った。

「どう？　元気にしてる？」

「わたし、なんだか寂しいの。今度の週末、うちで一緒に過ごせないかしら？」

アイヴィは返事をためらった。メリーと週末をともに過ごせば、スチュアートへの思いが表に出てしまうかもしれない。今はまだ、この思いをメリーに見透かされたくなかった。スチュアートはただ、わたしの知らない恋のゲームをしているだけかもしれない。そう考えると、アイヴィの不安はつのるばかりだった。

「アイヴィ、安心して。わたしはあなたの邪魔をするつもりはないから」メリーが抑えた声で言った。

「なんのこと？」

「ヘイズは理想的な夫になると思うわ」

アイヴィはしばし言葉を失った。「ヘイズが？」

「彼、あなたのことが本当に好きなのね。ゆうべはすごく楽しそうだったわ」

アイヴィは困ってしまった。ヘイズとつき合うつもりはなかった。でも、メリーの誤解をとくために〝わたしが好きなのはスチュアートよ〟と告白するわけにもいかない。

「ヘイズは確かにいい人だと思うわ」アイヴィは慎重に言った。「でも、わたしは誰かと本気でおつき合いをするつもりはないの。ヘイズもそうだと思うわ。わたし、独身生活をもっと楽しみたいのよ」

メリーが妙なため息をついた。「あなたはヘイズとつき合っているわけじゃないの？」

「彼はただのお友達よ」

「よかった」メリーが言った。「それはそうと、ヘイズは無事なの？　麻薬の運び屋を捕らえようとしたときに銃撃戦になって、誰かが怪我をしたと聞いたわ。ひょっとして、ヘイズじゃない？」

「違うわ、怪我をしたのは保安官代理と、容疑者のひとりよ。ヘイズはぴんぴんしているわ」

「それを聞いて安心したわ」

「あなたとヘイズは長いつき合いだったわね？」アイヴィはきいた。

「ええ。彼は兄さんの友達だけれど、わたしにとっては家族みたいなものよ。サン・アントニオで知り合った人と同じで、年はかなり上になるわ」メリーが謎《なぞ》めいたことを言った。

メリーとヘイズの年齢は、アイヴィとスチュアートと同じくらい離れている。スチュアートはもうアイヴィとの年の差を気にしていないようなので、メリーとヘイズの関係が進展する可能性もあった。

「ヘイズとあなたは、さほど年が離れているわけじゃないわ」アイヴィは優しく言った。

「兄さんは年が違いすぎると思っているの」

「兄として、あなたを愛すればこそ心配なのよ。スチュアートはただ……」アイヴィは言いよどんだ。

「ただ、なんなの？」メリーがうながす。

「彼は、保安官という職業に問題があると思っているの。ヘイズは一緒にいて楽しい人だけれど、むこうみずなところがあるでしょう？　スチュアートは妹のあなたにつらい思いをさせたくないのよ」

「兄さん、近ごろ妙に深刻な顔をしていると思ったら、そんなことを気にしていたのね。でもわたし、自分が生きる道は自分で決めるわ」

「スチュアートも、あなたが愛する人と結婚することを望んでいるはずよ」

　メリーが笑った。「そう思う？」

「思うわ」

「それが本当ならいいけれど」

「メリー、ずいぶん落ちこんでいるみたいね。今夜、わたしの下宿で夕食を一緒にどう？」

「せっかくだけれど、無理だわ。今、院内でインフルエンザが大流行していて、職員が何人もダウンしたから休みを取れないのよ」

「じゃあ、もう少し暇になったら……」

「ええ、ぜひ」

「健康には気をつけて」アイヴィは言った。「あまりくよくよしちゃだめよ。人生、悪いことばかりじゃないわ。願いはいつか、かなうものよ」

「そうでしょうとも」メリーがシニカルに言った。

「そうに決まっているわ！」

　メリーがため息をついた。「あなた、昔から妖精《ようせい》は本当にいると信じていたものね」

「天使もいると信じているわよ」

「きっと、わたしの守護天使は居眠りしているのよ」

「皮肉はやめて。いつでも会いに来て」

「で、今度の週末はどうする？」メリーが話題を変えた。「パーティの夜は兄さんとも仲良くやっていたみたいだし、週末も楽しくやれるんじゃない？」

　アイヴィはためらった。「即答はできないわ。新しいクライアントができて仕事が増えたから」

「商売繁盛でよかったじゃない。週末の予定がはっきりしたら電話して」

「忘れずに電話するわ。じゃあ、またね」アイヴィは通話を終え、携帯電話を閉じた。

　いくら待っても、スチュアートから電話はかかってこなかった。やっぱり彼はわたしをからかっただけなんだわ、とアイヴィは確信した。

　夜が来て、ベッドに入って枕元《まくらもと》の明かりを消そうとしたとき、電話が鳴った。

　アイヴィは期待に胸を高鳴らせてベッドから飛び出すと、バッグの中身をぶちまけて、震える手で携帯電話をつかんだ。「もしもし？」

　スチュアートが深みのある声で笑った。「電話に飛びついたみたいだな？」

　アイヴィも息を弾ませて笑った。「ええ」

「約束どおり電話したよ」

「でも、忙しかったんじゃない？」

「電話はかかってこないと思ったのかい？」

「というか、あなたにからかわれたと思ったの」

　一瞬の間があった。「お互いに、知らないことが多すぎるようだな」静かな声でスチュアートが言う。

　アイヴィは困惑し、携帯電話を握りしめた。「メリーに、週末に家に来ないかと招待されたの」

「それで、なんと答えたんだい？」

「またあとで電話すると答えたわ」沈黙が流れたので、アイヴィは不安になった。「わたしが行くと、あなたが困るかもしれないと思って」

　沈黙がますます深まる。

　アイヴィは震える息をついた。「スチュアート？」

電話の向こうで、グラスのなかの氷がちりんと鳴った。「きみはぼくのことを全然わかっていない」

「わからなくて当然よ。二年ものあいだ、あなたに避けられつづけたんですもの」

「きみを避ける必要があったんだ」

そう言われても、アイヴィには理解できなかった。スチュアートが悪態をつき、グラスのなかの氷がふたたび鳴った。

「もう電話を切ったほうがいいみたいね」アイヴィは悲しげに言った。

「ヘイズのために？」

「え？」

「ヘイズに恋しているのか？」

「違うわ！」アイヴィは考える前に答えていた。

スチュアートが吐息をついた。「それならいい」いったん言葉を切る。「デンバーから帰ったら、ふたりでドライブに出かけて、ゆっくり話をしよう」

「それは……楽しみだわ」

「ああ」

アイヴィは言葉につまった。スチュアートの深みのある声をいつまでも聞いていたいのに、どう会話を続ければいいのかわからなかった。

「今、何をしているんだい？」

「寝巻きを着てベッドに腰かけて、頭の変な男性と話をしているわ」

スチュアートが大笑いした。「ぼくの話は支離滅裂だったかな？」

「わたし、いけないことを言ったかしら」

「今日は長い一日だった。動物愛護団体の人間が会合にやってきて、牧場経営者は家畜と対話する方法を学ぶべきだと言い出してね。まいったよ」

アイヴィは噴き出した。「牛たちはきっと、〝わたしを食べないで〟と言うでしょうね」それからきいた。「あなたはその活動家になんと言ってやったの？」

「ぼくは何も言わなかった」

「つまり、ほかの人が言ったのね？」

「牧畜協会の代表のひとりがそいつを会場の外へ連れ出して、噴水に放《ほう》りこんでやったよ」

アイヴィは息をのんだ。「コロラドは雪なのに！」

スチュアートがくすっと笑った。「そうだな」

「かわいそうな人」

「そいつは毛布とバスの切符をもらって、震えながら夕日のかなたへ去っていったよ」

「ひどいわ」

「去年は地球の温暖化防止を訴える活動家がやってきて、牛がげっぷをするたびにオゾン層が破壊されるから対策を講じろと牧畜協会に訴えたんだ。その男がどうなったかは言わないでおこう」

「なぜ？」

スチュアートが笑った。「そいつが執筆中の本が世に出たら、すべてわかるからさ。今のところ、興味をしめしている出版社はないようだが」

「なんだかかわいそう」

「かわいそうじゃないさ。人間だって、牛と同じようにげっぷをするんだぞ」

「わたしはしないわ」

「それは嘘だ」

アイヴィはため息をついた。「少なくとも、げっぷをするときは他人に気づかれないようにするわ。それで地球の環境を破壊するとは思えない」

笑い声が聞こえてきた。「問題の活動家がどうなったか教えてあげよう。彼は会場で持論をぶちあげたあと、ある牧場主に酒をおごってもらったんだ」

「親切な人もいるのね」

「親切なものか。牧場主が飲ませたのは、翌朝、ひどい二日酔いに悩まされること間違いなしの強い酒だったんだ」

「あんまりだわ」

「ぼくは活動家に酒をおごったりしない」

「親しくなれば、彼らの活動に影響を与えられるかもしれないのに」

「まさか」しばらくの間があった。「誰か来たようだから電話を切るよ」

「動物愛護団体が押しかけてきたの？」

スチュアートがまた笑った。「いいや、アラスカから来た友人が訪ねてきたんだ」

「その人はアラスカで牛を飼っているの？」

「アラスカの基地に所属している職業軍人だ」

「そう」

「テキサスへ帰ったら連絡する。体に気をつけて」

「あなたもね」アイヴィはやわらいだ声で言った。

「おやすみ、シュガー」

スチュアートに〝シュガー〟と呼ばれたのは、これが初めてだった。ふたりの関係は、これからもっと親密なものになるかもしれない。そんな期待を抱きつつ眠りに落ちたアイヴィは、現実離れした喜びに満ちた夢を見た。

次の朝、アイヴィは電話が鳴る音で目を覚ました。

「ミス・コンリー？」聞き覚えのない声だった。

「ニューヨーク市警のブルックリン分署で巡査部長をしております、エド・エイムズと申します。お姉さんのことで、お話があります」

アイヴィの心は沈んだ。「姉の身に何かあったんですか？ ひょっとして、逮捕されたとか？」

沈黙が流れた。「残念ながら、お姉さんは今朝、アパートメントで遺体となって発見されました……もしもし、ミス・コンリー？ 大丈夫ですか？」

アイヴィは息すらできなかった。恐れていたことが、とうとう現実になってしまった。

「大丈夫です。ただ……ショックが大きすぎて」

「お察しします」

「姉は自殺したんですか？　それとも誰かに……」

「他殺かどうかは、検死の結果を待たなければわかりません。遺体の身元確認のため、ニューヨークまでおいでいただけませんか？　確認がすみしだい、所持品の引き渡しと埋葬の手続きを行います」

「わかりました」アイヴィはめまいを覚えた。「今日じゅうにうかがいます」

アイヴィは巡査部長に聞いた必要事項をメモして電話を切った。

それからまたベッドに腰をおろし、両腕を体にまわした。レイチェルは〝さよなら〟も言わずに逝ってしまった。自殺か他殺かもわからない。

アイヴィは姉のボーイフレンドで麻薬の売人をしているジェリーのことを考えた。姉さんはジェリーに殺されたのかしら？　それとも、資産家の老人の妻がさしむけた殺し屋に命を奪われたの？　たったひとりの肉親であるレイチェルを失った今、アイヴィは独りぼっちになってしまった。

天国に召されたレイチェルは、父さんに出迎えてもらえたのかしら？　父さんはレイチェルだけを溺《でき》愛《あい》していた。わたしが父さんの実の娘ではないという話は本当なの？　それとも、レイチェルがまた嘘をついたの？

ニューヨークへ行けば、真実を知る手がかりが見つかるかもしれない。わたしにとって謎でしかなかったレイチェルを理解する手がかりが……。

アイヴィはそう考えて荷造りをはじめた。

7

さいわい、ニューヨークまでの往復の航空運賃は、銀行預金でまかなうことができた。だが、現地に着いたら、かなりの出費を覚悟しなければならない。ホテルの宿泊料金やタクシー代のほかに、レイチェルの遺体の移送費用も支払う必要があった。スチュアートがテキサスにいたとしても、金銭的な援助を請うことにはためらいがあった。

メリーに助けを求めることもできたが、自尊心が許さなかった。もう子供ではないのだから自分でなんとかしよう、とアイヴィは胸に言い聞かせた。

飛行機に乗ったことのないアイヴィにとって、空の旅は冒険のようなものだった。

ニューヨークのラ・ガーディア空港に降り立つと、アイヴィはタクシーをひろい、リタに教わったホテルへ向かった。そのホテルはブルックリンにあり、宿泊料金も手ごろで、レイチェルが暮らしていたアパートメントからも遠くなかった。

アイヴィはホテルにチェックインしてから、スーツケースを持ってシングル・ルームに入った。広くはないが、小ぎれいな部屋の窓からの眺めはすばらしかった。とはいえ、あとでこみあげてくるはずの孤独感を紛らわしてくれるかどうかはわからない。これから、レイチェルの遺体を確認しに行くのだ。

アイヴィがブルックリン分署に着いたとき、エイムズ巡査部長はいなかった。住民が二千人しかいない小さな町からやってきたアイヴィは、混沌《こんとん》とした署内の様子を待合室からものめずらしそうに眺めていた。数分後、黒髪で背が高く、端整な顔をしたスーツ姿の男性が近づいてきた。

「ミス・コンリーですか？」男性が笑顔できいた。

アイヴィは立ちあがった。「はい。エイムズ巡査部長ですか？」

「そうです」ふたりは握手をした。「遅くなってすみません」巡査部長はアイヴィを自分のデスクのほうへ案内して椅子を勧めた。「殺人事件の裁判で証言台に立たなければならなかったもので」

アイヴィはさっそく尋ねた。「姉の死について何かわかりましたか？」

「お姉さんのボーイフレンドは麻薬の密売で何度も検挙されています。顧客は上流階級の人間で、あなたのお姉さんは、そのうちのひとりと深い仲になっていました。彼は既婚者で、ふたりの関係をこころよく思っていなかった妻は、あなたのお姉さんを脅迫していたようです。聞きこみの結果、お姉さんとボーイフレンドが激しい口論をくりかえしていたこともわかりました。顧客と関係を持ったことをなじられたお姉さんは、ボーイフレンドを麻薬密売の罪で告発してやると脅したようです。お姉さんが何者かに殺害されたとすると、容疑者の特定にいたるまでには時間がかかるでしょう」巡査部長は顔をしかめた。「ニューヨークへは、ご家族かボーイフレンドと一緒にいらしたのですか？」

「いいえ。姉はわたしのたったひとりの肉親でしたから」アイヴィはスチュアートのことを考えながら言った。「ボーイフレンドもいないので、誰にもつきそいを頼めなくて」

「まさか、お姉さんが暮らしていたアパートメントに滞在するつもりではないでしょうね？」

「とんでもない」アイヴィは即座に否定した。「市内にある小さなホテルに部屋を取りました」

「今までに、ご家族を亡くされたことは？」

「二年前に父を亡くしました。でも、実際に葬儀の手配をしたのは姉で、わたしはその費用を支払っただけなので、どうすればいいのかわかりません」

「わたしがお教えしますから大丈夫ですよ」巡査部長が優しい口調で言った。「お姉さんの私生活について、何かご存知ではありませんか？」

アイヴィは申し訳なさそうに口を開いた。「捜査の助けになりそうなことは何も知りません。姉はわたしを嫌っていましたから、用があるときしか電話をかけてこなかったんです」

「疎遠になっていたのですか？」

「ええ。姉は女優になってブロードウェイの舞台に立つために、生まれ故郷の小さな町を出たんです。姉が麻薬をやっていることは知っていました。高校生のころから手を出していましたから。でも、こんなに早く死んでしまうなんて」アイヴィの頬を涙が伝った。「あまりにも突然で……」

「一つ提案してもよろしいですか？」

アイヴィは涙をぬぐった。「もちろん」

「ホテルに戻って、しばらく休息を取ってから、わたしに電話してください。遺体の確認はそれからでいいでしょう。いかがです？」

巡査部長の優しげな目を見て、アイヴィは口元をほころばせた。「ええ、そうします。ありがとう」

エイムズ巡査部長が立ちあがった。「ホテルまで部下に送らせましょう」

「助かります」アイヴィは穏やかな声で言った。

巡査部長がほほえんだ。「お安いご用ですよ」


まだ正午前で、特に空腹でもなかったので、アイヴィはホテルのベッドに入って目を閉じた。しばらく休息を取って心の準備をしたら、死体置場での試練にも立ち向かえるだろう。

いつのまにか寝入ってしまったアイヴィは、執拗《しつよう》なノックの音に目を覚ました。ベッドを出て、眠い目をこすりながらドアののぞき穴から外を見ると、そこには思いがけない人の顔があった。

　アイヴィは勢いよくドアを開け、スチュアートの温かくたくましい胸に飛びこんだ。彼が来てくれたことがうれしくて、つい涙が出てしまった。

「もう大丈夫だ、ハニー」スチュアートは部屋に入ってドアをロックすると、彼女の体をひょいと抱きあげた。ベッドに腰をおろして、彼女を膝の上に座らせる。「つらいだろうな。性格に問題はあったが、レイチェルはきみの姉だ」

「どうしてわたしがニューヨークにいるとわかったの？」アイヴィは泣きながらきいた。

「きみを下宿から空港まで乗せていったタクシーの運転手は、ミセス・ローズのまたいとこでね。彼から電話を受けたミセス・ローズが、ぼくに知らせてくれたんだ」アイヴィの体にまわされた彼の手に力がこもった。「なぜぼくに電話しなかった？　電話してくれたら、すぐ駆けつけたのに」

　スチュアートが来てくれるはずはないと思っていた。でも彼はここにいる。アイヴィは今ほど誰かを必要としたことはなかった。

　アイヴィはほっとしてスチュアートに身を寄せた。

「これからエイムズ巡査部長に電話して、姉さんの……遺体の確認をしないといけないの」

「それはぼくにまかせてくれ」

　アイヴィは淡いブルーの瞳を見あげた。「わたしが自分で確認するわ。でも、一緒に来てくれる？」

　スチュアートがほほえんだ。「いいとも」彼はそこで真顔になった。「レイチェルの死因は？」

「わからないわ。検死の結果が出るまでは、警察もはっきりしたことは言えないみたい」アイヴィは彼の胸に頬を寄せた。「姉さんの遺品を整理して、遺体をどこにどうやって埋葬するか決めないと」

「どう葬られようと、レイチェルは気にしないさ」

「わたし、遺体を火葬にしようと思っているの」姉の遺体をジェイコブズビルに運んで埋葬するだけの経済的な余裕がないとは言えなかった。レイチェルが保険に加入していたとしても、受取人はボーイフレンドのジェリーになっているだろう。埋葬の費用はアイヴィが支払うしかなかった。

「じゃあ、火葬にしよう」少し間を置いてから、スチュアートが言った。「だがその前に、遺体の確認をしないと。それから火葬の手配をして、レイチェルのアパートメントへ行くとしよう」

「あなたが言うと、すごく簡単に聞こえるわ」

「難しいことなんて、そうありはしないさ」

アイヴィはスチュアートの膝の上で座りなおし、涙に濡《ぬ》れた目を押さえた。「ごめんなさい。あなたの姿を見て取りみだしてしまって。何もかも、自分ひとりでしなければならないと思っていたから」

スチュアートが白いハンカチをアイヴィの手に握らせた。「さあ、涙をふいて。担当の巡査部長に電話しよう。いいね？」

アイヴィはほほえんだ。「ええ、いいわ」

スチュアートは、アイヴィにレイチェルの遺体の確認をさせまいとした。だが、アイヴィは自分の目で見たいと言ってきかなかった。

レイチェルの死に顔は美しいものではなかった。それでも、その遺体がレイチェルのものであることに疑いの余地はなかった。

アイヴィはスチュアートとエイムズ巡査部長につきそわれて死体置場を出ると、刑事課にあるエイムズのデスクでブラック・コーヒーを飲みながら気を落ち着かせた。

「近々、解剖をする予定ですが、死因はおそらくコカインの過剰摂取だろうと検死官は言っています」エイムズ巡査部長が言った。

「あんな無残な死に顔になったのはコカインのせい

なんですか？」アイヴィはスチュアートのハンカチで目頭を押さえながらきいた。

「あれはコカインのせいではなく、お姉さんが常用していた覚醒剤《かくせいざい》のせいです。覚醒剤は使用者の心身をむしばむ恐ろしい麻薬ですから」

「人はなぜ、そんな恐ろしい麻薬に手を出したりするのかしら？」

「その疑問に答えられる人はいないでしょう。覚醒剤は中毒性のある麻薬です。常用者は覚醒剤を入手するために殺人さえ犯しかねません」

「なんて恐ろしい」アイヴィはつぶやいた。

「お姉さんは、いつから覚醒剤を使用していたんですか？」巡査部長がきいた。

「高校生のころからです。父にそのことを話しましたが、信じてはもらえませんでした。あの子が麻薬に手を出すはずはない、と言って」アイヴィは虚《うつ》ろな声で笑った。「姉が麻薬でおかしくなっているときも、父はまったく気づかなかったんです」

「いつも酒を飲んでいたために認識力が低下したのだろう」スチュアートが口をはさんだ。

「でもまさか、姉がこんな死に方をするなんて」

「レイチェルのボーイフレンドはどうなりました？」スチュアートが尋ねた。

「複数の罪で起訴しましたが、長期刑にはならないでしょう。出所すれば、また麻薬の密売をはじめるはずです。顧客には街の有力者もいますから」

「麻薬の売人は終身刑にするべきだわ」

巡査部長が笑った。「わたしも麻薬の売人は厳罰に処すべきだと思います」

「解剖はいつ行われるんですか？」

「今夜じゅうに行われるはずです。死因が特定されれば、今後の捜査方針も決定できます」

「姉が暮らしていたアパートメントにわたしたちが入ってもかまいませんか？」

「かまいません」巡査部長がデスクの引き出しから一つの鍵《かぎ》を取り出した。「これはお姉さんの部屋の合鍵です。現物は証拠品として押収しました。室内の捜索や鑑識作業などはすでに終了しています」

「これから姉の部屋をかたづけて、遺品を整理しないと」アイヴィは重い口調で言った。

「お姉さんの恋人のジェリー・スミスのことは、よくご存知ですか？」エイムズ巡査部長がきいた。

「面識はありますが、好感の持てる人物だとは思いませんでした。父が亡くなったとき、ジェリーは姉と一緒にうちへ来て、わたしの偏頭痛の薬を強烈な麻薬とすりかえたんです。わたしは薬が違うことに気づいて服用はしませんでした。ジェリーはちょっとした冗談のつもりでやったようです」

スチュアートが顔をこわばらせた。「そんな話、ぼくは聞いていないぞ」

「あなたに話したらどうなるかわかっていたから、何も言わなかったのよ。ジェリーは危ない人たちとつながりがあるみたいだから」

「ぼくだって、テキサス森林警備隊やＦＢＩや地元の警察にコネがある」ぶっきらぼうに続ける。「きみはぼくにジェリーのことを話すべきだったんだ」

アイヴィはエイムズ巡査部長に向きなおった。

「とにかく、姉とジェリーがニューヨークへ帰ってくれたときはほっとしました」

「でしょうね」巡査部長が言った。「お姉さんの所持品をお渡ししますので、保管室まで一緒に来てください。引き渡しには、あなたの署名が必要です」

「わかりました」アイヴィは立ちあがった。「いろいろとご親切にしていただいて感謝しています」

「仕事ですから」巡査部長は温かい笑みを浮かべた。

アイヴィはスチュアートが手配したリムジンにすっかり魅せられてしまった。アパートメントに着くと、スチュアートはリムジンを外で待たせ、二階にあるレイチェルの部屋へアイヴィを連れていった。まだ生活感が残る室内で、レイチェルの亡骸《なきがら》をかたどった床の白線だけが異変の名残をとどめていた。

アイヴィは呆然《ぼうぜん》として、姉の遺体があった場所にたたずんだ。「どこから手をつければいいのかしら」

「まず寝室からはじめるといい」スチュアートが言った。「ぼくはリビングを調べるから」

「わかったわ」

寝室に足を踏み入れたアイヴィは、ピンク色の薄汚れたふとんや色あせたカーテン、室内に散らばった古い靴に目をとめた。舞台女優として成功し、大金を稼いでいるというレイチェルの言葉は、事実ではなかったようだ。

父親の遺産を独り占めしたがったのも、生活に困っていたせいだろう。何不自由なく暮らしていたら、親の金を当てにする必要はなかったはずだ。

アイヴィは空き巣になったような気分でベッドサイド・テーブルの引き出しを開けた。そこには、刺《し》繍《しゅう》入りのカバーがかかった手帳が入っていた。きっと日記だわ。アイヴィはそれをジャケットのポケットに入れて、ドレッサーに向かった。

ドレッサーには古びたシルクの下着が数枚入っているだけだったが、クロゼットのなかには、豪華なドレスが十着と、本物の毛皮のコートが二着しまってあった。そして、色とりどりのハイヒールの高級靴が床にずらりと並んでいた。

アイヴィはドレッサーの上にあった宝石箱を開けて息をのんだ。模造品だとしても、安物には見えない。エメラルドにダイヤモンド、ルビーをあしらった数々のジュエリーは、本物だとしたら、途方もない価値があるはずだ。これほどたくさんの宝石を、レイチェルはどうやって手に入れたのかしら？

アイヴィが考えていたとき、スチュアートが眉間《みけん》にしわを寄せて寝室に入ってきた。「リビングに大型プラズマ・テレビと高性能のDVDプレーヤーが設置してあった。高級なアンティーク家具も何点か置いてある。どうやって入手したんだろう？」

「わたしも同じ疑問を抱いたわ。これを見て」

スチュアートが宝石箱のなかの指輪を一つ手に取った。「十八金か。石も本物だ」

「盗んだのかしら？」

「レイチェルが自分で買ったとは思えないな。ここにある宝石類だけで、十万ドル以上の価値がある」

アイヴィは驚いて息をのんだ。「模造品だと思っていたのに」

スチュアートがアイヴィの顎に手をそえて上を向かせた。「きみは贅沢《ぜいたく》に慣れていないからな」穏やかな声で言い、そっと唇を重ねる。「ぼくはそんなきみが好きなんだ」

アイヴィは彼の口づけに恍惚《こうこつ》として言った。「姉さんはどうやって宝石を手に入れたと思う？」

「つき合っていたという資産家がプレゼントしたのかもしれない」

「奥さんが返却を求めてくるでしょうね」

「夫が愛人に貢いでいたと知ったら、返せと言ってくるだろう。警察が宝石類を証拠品として押収しなかったのは不思議だな」

「まがいものだと思ったのよ、きっと」

スチュアートが笑った。「エイムズはやり手だから、宝石を持ち去ろうとする人間を取りおさえるために、室内に監視カメラを設置したのかもしれない」

「悪くないアイデアだわ」

スチュアートが宝石箱の蓋《ふた》を閉めた。「さあ、そろそろランチの時間だ。ぼくのホテルへ行って、ルームサービスを頼もう」

「わたし、ホテルに部屋を取ってあるわ」

「そっちはキャンセルするんだな。レイチェルの死因がはっきりしない段階で、きみをひとりにするわけにはいかない」スチュアートは反論しかけたアイヴィを黙らせた。「譲歩するつもりはないよ。文句を言わずに一緒に来るんだ」

「強引なのね」アイヴィは責めるように言った。

「何年も牧場で牛を追いまわしてきたせいだ」スチュアートが淡いブルーの瞳をきらめかせる。

アイヴィは声をたてて笑った。「あなたの言うとおりにするわ」今は心身ともに疲れているので、彼の庇護《ひご》を受けることに抵抗はなかった。スチュアートが宝石箱を手に取ってアイヴィに渡した。

「レイチェルの情夫に宝石を持ち逃げされないように、貸し金庫に預けておいたほうがいい」

「それもそうね」アイヴィはうなずいた。「ジェリーは殺人犯ではないかもしれないけれど、姉さんを麻薬づけにした張本人だもの。姉さんの死で得をさせるわけにはいかないわ」

「同感だな」

ホテルへ向かう途中、スチュアートは取り引きのある銀行に立ち寄って、貸し金庫にレイチェルの宝石箱を預けた。それから顔見知りの副頭取に会い、評判のよい斎場を教えてもらった。

ふたたびリムジンに戻ると、スチュアートは業者に電話して、解剖がすんだレイチェルの遺体を斎場まで運んでくれるよう話をつけた。そのあとアイヴィの荷物を取りにブルックリンのホテルへ行って、料金まで支払ってくれた。

「文句があるなら、テキサスへ帰ってから聞くよ」不満をもらしたアイヴィに向かって、スチュアートが言った。

スチュアートの部屋は、ホテルの最上階にある広いスイートルームだった。スチュアートは慣れた様子でルームサービスを頼んだ。

「もっとたくさん注文すればよかったのに」アイヴィができたてのポテトスープを飲み終えたのを見て、スチュアートが言った。

「スープしかおなかに入らないと思ったのよ。今日は大変な一日だったから」アイヴィはスプーンを置いた。「でも、まだ実感がわいてこないわ。すべての感覚が麻痺《まひ》してしまったみたいで」

「父が亡くなったとき、ぼくも同じ気持ちを味わったよ」スチュアートはフォークをおろし、アイヴィと自分のカップに二杯目のコーヒーを注《つ》いだ。「ぼくは父を憎んでいたつもりだった。父は生前、かなえられなかった自分の夢をぼくに押しつけようとしたからね。だが、父が死んだとき、ぼくは打ちのめされてしまった。失って初めて、その存在の大きさに気づいたんだ」

「わかるわ。親子には共通の思い出がたくさんあるもの。レイチェルは父さんのお気に入りだったわ」アイヴィはため息をついた。「でも、父さんがわたしにつらく当たったのは、わたしが実の娘ではないと信じていたせいだった。そのことを知ってから、少し気が楽になったわ。本当に血のつながりがないのかどうか、確かめたいとは思うけれど」

「確かめられるさ。ぼくが保証する」

アイヴィはじっとスチュアートを見つめた。「仕事を放《ほう》り出して、ニューヨークにいていいの？」

スチュアートが肩をすくめた。「仕事は部下にまかせておけば大丈夫だ。こういうときのために、優秀な人材を雇っているんだ」

アイヴィはほほえんだ。「あなたがここにいてくれて、本当にうれしいわ」

スチュアートはナプキンをテーブルの上に置き、淡いブルーの瞳で彼女を見据えた。「きみをひとりにするつもりはない」静かな声だった。

彼の熱いまなざしを浴びて、アイヴィは胸を高鳴らせ、かすかに頬を染めた。

スチュアートがいたずらっぽい笑みを浮かべる。

「お楽しみは、するべきことをしてからだ」

アイヴィは真っ赤になって立ちあがった。

スチュアートは楽しそうに笑った。女性経験が豊かな彼には、アイヴィの心の動きが手に取るようにわかった。自尊心をくすぐられたスチュアートは、ニューヨークへ来て本当によかったと思った。

その日の午後、ふたりは葬儀業者のオフィスへおもむいた。アイヴィがレイチェルの遺体を火葬にすることにしたのは、金銭的な負担が小さくてすむからだった。テキサスまではスチュアートの自家用機に乗せてもらえることになったので、遺灰をおさめた壺《つぼ》が空港のセキュリティ・チェックに引っかかる心配もなかった。

アイヴィはレイチェルのため、黒とゴールドの手のこんだ装飾がほどこされた、真鍮《しんちゅう》製の壺を選んだ。「地元の業者に頼んで、父さんのお墓の隣に埋めてもらうわ」アイヴィはスチュアートに言った。

「ご自宅に遺灰を置いておく方もおられますよ」葬儀業者が口をはさんだ。

「そこまでするのはちょっと……」アイヴィは小声で言った。「姉とは不仲だったので」

葬儀業者がほほえんだ。「そのお気持ちは理解できます。わたしにも仲のよくない弟がいますので」

アイヴィは必要な書類に署名して、自分の小切手で支払いをすませた。

リムジンに戻ると、スチュアートが不満げに言った。「きみが生活費をけずらなくても、ぼくがレイチェルの葬儀費用を支払ったのに」

「ありがとう。でも、レイチェルはわたしの姉なのよ。妹として、葬儀費用ぐらい支払いたいの」

スチュアートはアイヴィの手を握りしめてほほえんだ。「きみは独立心が旺盛《おうせい》だからな」

アイヴィもほほえみ返した。「わたし、自分の面倒は自分で見たいのよ。レイチェルは父さんよりひどいやり方で、わたしを支配しようとしたから」

「それは、ぼくへの苦言でもあるのかな？」

アイヴィは笑った。「そうかもしれないわ。あなたもわたしを支配したがるもの。でも、なぜなの？　社交界にデビューしたばかりの美女とおつき合いしているんでしょう？　二週間前、タブロイド紙に載った写真を見たわ」やきもちを焼いていると思われそうで、アイヴィは赤面した。

スチュアートが口元をほころばせた。「あの写真は四年前に撮られたものだ」

アイヴィは目をしばたたいた。「四年前？」

「スーツを着るとき、ぼくはいつもこのタイピンをつけることにしている」スチュアートは、三年前の彼の誕生日にアイヴィがプレゼントしたタイピンを指さした。「あの写真のぼくは、これをつけていなかったはずだ」

確かにそうだった。アイヴィは自分が贈った安物を彼がそれほど大事にしてくれていることに驚いた。

「そんなに気に入ってくれたの？」

スチュアートは答えるかわりに、アイヴィがつけている透かし細工の十字架のペンダントにふれた。それは、三年前のクリスマスに彼からもらったものだった。「きみもこれを肌身離さずつけているようだな。メリーが撮った写真で見たよ」

「それは……とてもきれいだから」アイヴィは口ごもった。肌にふれる彼の手の感触が心地よい。

「きみがこれを身につけている理由は、ぼくがこのタイピンをつけている理由と同じはずだ」

スチュアートの言葉は意味深だった。淡いブルーの目が細められ、濃さを増していくのを見て、アイヴィは息をするのもままならなくなった。

「ぼくたちがお互いの胸の内を明かし合う日は、そう遠くないだろう」深みのある優しい声だった。

　アイヴィは淡いブルーの瞳の奥をのぞきこんだ。彼女にとって、スチュアートはたいせつな人だった。高校時代、彼が同じ部屋に入ってきただけで胸が苦しくなったものだ。当時は何もわからなかったが、すでに彼女の心には、せつないまでの彼への思いが芽生えていたのだ。

　スチュアートが彼女の柔らかな唇を人差し指でなぞった。アイヴィが思わず身を震わせると、スチュアートが優しくほほえんだ。その笑顔を目にしただけで、彼女は天にも昇る心地がした。スチュアートはゲームをしているのかもしれないという危惧《きぐ》も、消えてしまった。いとおしく思っていない相手に、こんなまなざしを注ぐ男性はいないはずだ。

8

アイヴィは雲の上を歩いているような気分だった。スチュアートが彼女のふっくらした唇に視線を落とすと、彼女の心臓は胸を突き破りそうな勢いでとどろきはじめた。頑固そうな口元を見つめているうちに、アイヴィは彼と唇を重ねたくてたまらなくなった。我知らず身を寄せたとき、スチュアートが真顔になって、彼女のほうへ手を伸ばした。

　ふたりが抱き合う寸前に、赤信号で停止していたリムジンが動き出した。

　アイヴィは恥ずかしくなり、かすれた声で笑った。

　スチュアートが片眉をつりあげた。「こんなところで妙なまねはしない」彼はアイヴィの手を握りながらつぶやいた。「だが、油断は禁物だ」

アイヴィは何も言わずにほほえんだ。彼女を見つめるスチュアートの瞳は、至福の喜びを約束しているようだった。今ここにいる彼は、アイヴィを敵視していたころの彼とは別人だった。アイヴィはふたりの未来に期待を抱きつつ、自分がなぜ今ニューヨークにいるのかを考えた。未来を夢見るのは、もう少し待たなければならない。

ふたりはふたたびレイチェルのアパートメントに戻った。スチュアートが階下《した》で管理人と話しているあいだ、アイヴィは部屋に残って遺品の整理をした。

カウチに座り、部屋で見つけたアルバムを開いてみると、そこにはレイチェルの写真ばかりはってあった。ポーチのぶらんこに座った父親の写真が一枚と、母親の写真が数枚ありはしたものの、アイヴィの写真は一枚もなかった。予想していたこととはいえ、悲しかった。

アイヴィはアルバムを閉じ、続いてレイチェル宛《あ》ての封書を手に取った。〝親展〟としるされた手紙を読むことに罪の意識を覚えはしたが、差出人がテキサスの法律事務所だったので、中身を確かめないわけにはいかなかった。

アイヴィが封筒を開けようとしたとき、誰かの足音がした。スチュアートの足音ではない。アイヴィが立ちあがり、封筒をスラックスのポケットに入れると同時に、ドアが勢いよく開かれた。

レイチェルの情夫だったジェリー・スミスが、我が物顔で部屋に入ってきた。彼は機嫌が悪いらしく、憎々しげにアイヴィを見た。

「何をしに来たの？」アイヴィは冷ややかに言った。

ジェリーが玄関のドアを閉め、下卑た笑みを浮かべてアイヴィを見た。

「姉さんが遺《のこ》したお宝を探しに来たのかい？　だがな、ここにあるものはすべて、おれがあいつに買い与えたものだ。くすねるなよ」

一年前のアイヴィだったら、怯《おび》えて逃げ出していただろう。だが、スチュアートがじきに戻ってくるとわかっていたので、毅然《きぜん》とした態度をとることができた。「ここにある写真とキルトは、わたしのものよ。我が家に代々伝えられてきたものを、あなたに渡すわけにはいかないわ」

「キルトか」ジェリーが吐き捨てるように言った。「レイチェルはハンドメイドのキルトが高く売れると思っていた。だが、骨董《こっとう》屋に買い取りを拒否されて、ただで人にくれてやろうとしたんだ。それでももらい手が見つからなかったものだから、来月ここを出ていくとき、クリスタルを包むのに使うつもりでいたようだ」そこで肩をすくめる。「もう引っ越ししたくてもできなくなっちまったな」

「レイチェルは、どこへ引っ越す予定だったの？」

「生まれ故郷の田舎町へ帰るつもりだった。あそこには家があるからな」

「あの家は二年も前に人手に渡ったわ」

「そんなこと、あいつは覚えちゃいなかった。覚醒《かくせい》剤《ざい》は危ないからやめろと言ったのに、あいつは聞く耳を持たなかったんだ」

アイヴィはぶっきらぼうな口調できいた。「あなたが姉さんを殺したの？」

「おれが殺すまでもなかったよ。ブロードウェイで上演される新作の芝居の主役を降ろされてから、あいつは放心状態だった。あいつのパトロンの女房が、知り合いのプロデューサーに働きかけて、あいつを首にさせたんだ。そのあとわざわざ電話をかけてきて、〝もう二度と主役を演じられないようにしてやったわ〟と言いやがった。それであいつは、どん底まで落ちこんじまったのさ」

「警察は遺体を解剖するつもりよ」

ジェリーが肩をすくめた。「変死体を解剖するのは当然さ。とにかく、おれはあいつを殺しちゃいない。あれは自殺だったんだ」そこで室内を見まわす。「おれが調べ終わるまで、ここにあるものを持ち出すなよ」

「もう宝石を貸し金庫に預けたわ」

「なんだって？」ジェリーがアイヴィに詰め寄った。「あいつが爺《じい》さんをたぶらかして巻きあげた宝石には、とてつもない値打ちがあるんだぞ！」

「だったら、正当な持ち主はその男性ね」

「本気で爺さんに宝石を返すつもりか？　ばかな女だ！　おれと山分けしたほうが得だぞ」

「わたしを買収しようとしても無駄よ」静かな口調で言った。「お金にはあまり興味がないの」

「レイチェルなら手放さなかったはずだ！」

「でしょうね。姉さんはいつも人から奪うだけで、与えることを知らなかったもの。姉さんが愛していたのは、自分だけだったのよ」

「よくわかっているじゃないか」ジェリーはベッドルームに入って室内を調べはじめたが、すぐに戻ってきた。「あれをどこにやったんだ？」

アイヴィは目をしばたたいた。「なんのこと？」

「会計簿だ！」

「そんなもの、ここにはなかったわ！」

「いいや、ここにあるはずだ」ジェリーは顔色を変え、広々としたリビングを調べはじめた。「あるに決まっている！」

ジェリーがなぜそんなにうろたえているのか、アイヴィには見当もつかなかった。「パソコンにデータが保存してあるんじゃない？」アイヴィはダイニングテーブルの上に置かれたパソコンを指さした。

「パソコン？」ジェリーはパソコンを起動して、保存されているファイルを一つ一つ確認した。「ないじゃないか！」アイヴィをにらみ、どなった。「おまえが宝石と一緒に取ったんだろう？　おれが隠しておいたものも盗んだんじゃないか？」

ジェリーはバスルームにつかつかと入っていくと、白い粉の入った小袋をいくつか手にして出てきた。

「一つたりない」小袋をズボンのポケットに突っこんでアイヴィをにらみつけた。「早く会計簿を見つけて、おれに渡せ。さもないと痛い目に遭うぞ」

「会計簿ですって？　わたしはたったひとりの姉を亡くしたばかりなのよ！　あなたの家計簿がどうなろうと、知ったことじゃないわ！」

ジェリーが敵意をこめた目でアイヴィを見た。

「姉さんは生命保険か葬儀保険に入っていたの？」アイヴィは気持ちを落ち着けようとしてきいた。

「あいつはもっと長生きするつもりでいたんだ。生命保険なんかに入るわけがないじゃないか」ジェリーが冷笑した。「あいつの遺品の整理はおれがやる。おまえは〝先祖伝来のお宝〟とやらを持って、とっととうせろ」

アイヴィは反論したかったが、スチュアートがじきに戻ってくるはずなのであえて何も言わず、キルトをクロゼットから取り出した。キルトで包んであったクリスタルは、床にきちんと重ねておいた。レイチェルの写真ばかりはってあるアルバムも持っていくことにしたが、高価そうなドレスや靴や毛皮には手をつけなかった。中身のない人生を歩んだレイチェルらしく、部屋には本が一冊もなかった。

アイヴィがリビングに戻ったとき、ジェリーは必死に会計簿を捜しつづけていた。

彼女が手にしたものを見て、ジェリーは驚いたようだった。「イブニング・ドレスを持っていかないのか？　サイズはレイチェルと同じぐらいだろう？」

「着るものぐらい自分で買えるわ」十六歳のとき、アイヴィは高校のダンス・パーティに着ていくドレスをレイチェルに借りようとしたことがあった。だが、アイヴィをダンスに誘った少年はレイチェルに甘い言葉をかけられて、パーティ当日にヒューストンまでレイチェルを車で送っていくことになってしまった。その後、レイチェルは〝パートナーがいないのにドレスを借りる必要があるのかしら〟と言ってアイヴィをあざけった。

「レイチェルは郵便でおまえに何か送りつけなかったか？」ジェリーがきいた。

「姉さんはただ、用があるときに電話してきただけよ。信用してもいない相手に、大事なものを送ってよこすはずがないじゃない」

「もっともだ。実家で暮らしていたころ、おまえはあいつのものを盗んだって聞いたぜ」

　アイヴィは憤慨し、頬を赤く染めた。「そうじゃないわ。姉さんがわたしのものを奪ったのよ。姉さんは嘘《うそ》をつくのがうまかったわ。だから、誰もが姉さんの言うことを信じてしまったのよ」

「おまえ、美人のレイチェルに嫉妬《しっと》していたんじゃないのか？」ジェリーが言った。

「人間らしい心を持っていない人に嫉妬なんかしないわ」

　ジェリーが冷ややかに笑った。「性格が悪くても、顔がよけりゃいいんだよ」

「わたしはそうは思わない」

　ジェリーがアイヴィに歩み寄った。思わずあとずさった彼女を見て、ジェリーはにやりとした。「一度、おれとふたりきりで過ごしてみないか？　おまえは美人じゃないが、度胸がある」

「あなたとふたりきりになるぐらいなら、蛇と一緒にいたほうがましよ」

　ジェリーの片眉があがった。「好きにするがいいさ。おまえはきっと、生まれ故郷の田舎町でひとり寂しく年老いて死んでいくんだろうな」ジェリーがアイヴィの長い髪に手をふれた。「ここにいれば、おれがいい思いをさせてやるぜ」

ドアが勢いよく開き、部屋に入ってきたスチュアートがジェリーを乱暴に押しのけた。

「彼女に指一本でもふれてみろ。貴様の首をへし折ってやる」スチュアートが全身で相手を威嚇した。

「おれは何もしちゃいないぜ！」ジェリーは両手をあげて、さらに後方へしりぞいた。

さっきまで自信たっぷりだったジェリーは、今や怯え切っている。無理もない。怒ったときのスチュアートにかなう相手はいないのだ。牧場で働いている荒くれカウボーイたちも、スチュアートの機嫌が悪いときは避けて通るほどだった。

アイヴィはほっとして、スチュアートのほうへ本能的に身を寄せた。スチュアートに肩を抱かれた瞬間、胸に安心感が広がった。

「おれはただ、ここにあるものは全部おれのものだと言っただけだ」ジェリーが弁解した。「レイチェルの生活の面倒を見ていたのは、おれだからな」

「わたしはただ、我が家に代々伝えられてきたものを持っていきたいだけよ。三枚のキルトとアルバムは、取りもどすことができたわ」

「そろそろ帰るかい？」スチュアートがジェリーを冷たい目でにらみながら、穏やかな声で言った。

「ええ」

「では、行こう」

アイヴィはテーブルの上に置いてあったバッグを持って廊下に出た。スチュアートは最後に一度だけ、さげすむような目でジェリーを見てから外に出てドアを閉めた。

「あれが麻薬の売人をしているという男だな？」アイヴィが持っていたキルトを受け取りながら、スチュアートが言った。

「ええ。卑劣な男よ。危ないところを助けてくれてありがとう」

スチュアートが笑った。「きみもあの男と互角に渡り合っていたようじゃないか」彼は先に立ってエレベーターに乗りこむと、一階のボタンを押した。「遺品の整理は、あの男がしてくれるだろう」

「おかげで手間がはぶけたわ。ジェリーは姉さんの部屋で会計簿のようなものを捜していたの。見つからなくて、いらいらしていたわ」

「きみはそれを見つけたのかい？」

アイヴィは首を横にふった。「そんなもの、どこにもなかったわ。宝石を貸し金庫に預けたことも気に入らなかったみたい」

「あいつが宝石を取りもどすつもりなら、こっちは優秀な弁護士を立てて争うまでだ」

「宝石は姉さんとおつき合いしていた資産家に返すと言っておいたわ」

スチュアートが愉快そうに笑った。「あの男はショックを受けただろうな」

「うろたえていたわ。でも、どうすれば、姉さんに宝石を贈った人を特定できるのかしら？」

「それはぼくにまかせてくれ。きみは葬儀のことだけ考えていればいい」

「気を遣ってくれてありがとう」

「礼は無用だ」

アイヴィはほほえんだ。「それでもやっぱり、お礼を言わせて。ありがとう」

「こんな状況で、きみをひとりにするわけにはいかないからな」スチュアートはアイヴィを導いてアパートメントの外に出た。彼が運転手に合図すると、リムジンがアパートメントの正面に停《と》まった。キルトをトランクにしまってから、彼はアイヴィをリムジンに乗せた。

ふたりはそのままホテルに戻った。アイヴィは疲《ひ》労困憊《ろうこんぱい》していた。精神的な重圧に体がまいってしまったのだ。

「主寝室はきみが使ってくれ」スチュアートが言った。「ぼくはリビングの向かい側の寝室で――」

「だめよ」アイヴィは抗議した。「広すぎる部屋は苦手なの」

スチュアートが肩をすくめた。「きみがそう言うなら」彼はアイヴィのスーツケースを小さいほうの部屋に運びこんだ。「しばらく横になるといい。夕食の時間にまた会おう」

「わたし、カジュアルな服しか持ってきてないの」アイヴィはスーツケースを開けて言った。「困ったわ」彼女が持ってきたのは、着替えのスラックスが一枚と、ブラウス二枚、靴一足だけだった。

「どうかしたのかい？」

「寝巻きを持ってくるのを忘れてしまって……」

「忘れ物はそれだけかい？」スチュアートが彼女の体に視線を走らせた。「寝巻きのことは、ぼくがなんとかしよう。きみは少し休むんだ。すぐ戻るから、誰か来てもドアを開けるなよ」レイチェルの変死事件がタブロイド紙に取りあげられることは確実だった。姉の葬儀を手配するためにアイヴィがニューヨークに滞在していることをかぎつけた記者が、ホテルまで押しかけてくる恐れがあった。

「わかったわ」アイヴィは寝巻きの代金をスチュアートに渡したかったが、あいにく、持ち合わせがほとんどなかった。

まごついているうちにスチュアートが出かけてしまったので、アイヴィはしかたなく靴を脱ぎ、寝心地のよさそうなベッドに服を着たまま横になった。眠るつもりはなかったのに、疲れていたせいか、いつのまにか寝入ってしまった。

いれたてのコーヒーの香りが鼻をくすぐり、アイヴィの眠りを破った。目をつむったまま、香りに誘われるように身を起こすと、深みのある笑い声が静かな室内に響いた。

「眠っているときにコーヒーの香りがすると、ぼくもきみと同じ反応を示すんだ」スチュアートが湯気の立っているカップを皿ごと差し出した。「熱いから気をつけて」

アイヴィは眠たげな笑みを浮かべ、カップを受け取った。コーヒーにはクリームが入れてある。スチュアートは、アイヴィがコーヒーにクリームを入れて飲むことを覚えていたのだ。うれしくて胸が高鳴った。彼に見つめられ、体が熱くなる。

「おなかがすいたかい？」

「少し」アイヴィは答えた。

「薄切り冷肉の盛り合わせをルームサービスで頼んだから、用意ができたらリビングにおいで」

アイヴィは顔を洗って髪をといてから、リビングへ行った。テーブルの上には、生野菜と各種ドレッシング、冷肉、パン、スパイスなどが並んでいた。

「この皿を使うといい」スチュアートが彼女に皿を手渡した。「本当はステーキとサラダが食べたいところだが、ボリュームのある食事を遅い時間にとって眠れなくなると困るからな」

アイヴィは顔をしかめた。「姉さんが死んだと聞かされてから、よく眠れないの。ドラッグにくわしいはずの姉さんが、過剰摂取で死ぬなんて……」

「当人に死ぬつもりがなくても、あやまって大量の薬をのんでしまうことはある」

「ヘイズの弟みたいにね。ヘイズは今でも弟の死を悼みつづけているわ」

ヘイズのことを口にしたので、スチュアートは気を悪くしたようだ。彼は何も言わず、コーヒーの入ったカップを手に取り、椅子に座った。

アイヴィはテーブルに向かい、味気ない料理をちびちび食べた。スチュアートが不機嫌になったのは、妹のメリーがヘイズに深入りしてほしくないと思っているせいかもしれない。

「ヘイズは悪い人じゃないわ」アイヴィは言った。

「悪いやつだと言った覚えはない」

「メリーがおつき合いをする相手を決める権利は、あなたにはないはずよ」

スチュアートが唖然《あぜん》とした。「メリー？」

「メリーはヘイズと仲がいいけれど、結婚したいと思っているわけじゃないわ」

スチュアートが思案顔でコーヒーに口をつけた。

アイヴィは困惑しつつ食事を終えた。心身ともに疲れていたが、試練はまだ終わっていない。たったひとりの肉親を亡くし、天涯孤独になってしまったと思うと、悲しみに襲われた。

「例の宝石は、持ち主に返すの？」スチュアートに尋ねた。

「ああ、明日じゅうに手配するつもりだ」彼は目を細めた。「それよりも、レイチェルのボーイフレンドが捜していたという会計簿が気になるな」

「わたしも。きっと、麻薬の取り引きに関する記録に違いないわ」

スチュアートは眉根を寄せた。「ジェイコブズビルには、今でも麻薬密売組織の活動拠点が存在している。問題の会計簿は、組織的な犯罪を裏づける証拠になるかもしれない」彼はそこでアイヴィを見た。「その会計簿はノートのようなものなのかい？」

「ききもしなかったわ。ジェリーの態度に腹が立ったから」アイヴィは髪を撫《な》でつけた。「できれば、もっと姉さんの死を悼んであげたい。だけど、姉さんはあらゆる手を使ってわたしをおとしめようとしたわ。大人になってもそれは変わらなかった」

「レイチェルは贅沢《ぜいたく》が好きだったからな。何がなんでも上流階級の仲間入りをしようとした」

彼の口調が気になり、アイヴィは尋ねた。「高校のとき、姉さんと同じクラスだったんでしょう？」

「ああ」スチュアートが目を細める。「レイチェルはぼくに接近しようとしたが、ぼくは相手にしなかった。彼女はそれを恨みに思っていたようだ。やがてきみは、ぼくの妹の親友になった」

その話を聞いて初めて、アイヴィは姉が自分を敵視するようになった理由がわかった。レイチェルは、わたしがメリーを通じてスチュアートとも親しくなるのではないかと思ったのだ。わたしがスチュアートにほのかな恋心を抱いていたことにも気づいていたかもしれない。

「姉さんがわたしの悪い噂《うわさ》をばらまいたのは、あなたをわたしから遠ざけるためだったのね」

「ああ、そうだ。メリーはきみを擁護したが、ぼくは噂を信じてしまうところだった」

アイヴィはほほえんだ。「わたしにとって、メリーは頼りになる姉みたいなものだわ」

「メリーもきみのことが好きらしい」スチュアートが立ちあがった。「今夜はもう休んだほうがいい」

ためらうアイヴィを見て、スチュアートがくすりと笑った。

「大丈夫、忘れてはいないよ」彼は、高級デパートの買い物袋をアイヴィに渡した。

「代金はあとで返すわ」

「好きにするといい。おやすみ」

「おやすみなさい」アイヴィは寝室の前で足を止めた。「スチュアート……いろいろとありがとう」

「立場が逆だったら、きみも同じことをしたはずだ」スチュアートが穏やかに言った。

アイヴィはほほえんだ。「たぶんね」

寝室に入り、スチュアートにもらった袋を開けた瞬間、アイヴィは思わず息をのんだ。彼はネグリジェだけでなく、ガウンまで買ってくれたのだ。踵《かかと》まである長さのネグリジェは淡いレモン色のシルクで仕立てられ、白いレースのトリミングがしてあった。胸元は大きく開き、肩はキャミソールのように細いストラップになっている。袖《そで》の長いガウンも、ネグリジェと同じように胸元が大きく開いたデザインだった。スチュアートが選んだものは、数年前にメリーが貸してくれたネグリジェよりもすてきだった。代金をどうやって返せばいいのかわからなかったが、見るからに高価そうなネグリジェとガウンをただでもらうわけにはいかなかった。

アイヴィはそろいのネグリジェとガウンを身につけて、ブロンドの髪が肩から背中へ流れるようにとかしたあと、自分の姿を鏡に映してみた。鏡のなかには、驚くほどセクシーな女性がいた。本当のわたしは男性経験がまったくないのに……そう思うと、笑いそうになった。

アイヴィはベッドに入って明かりを消したが、目がさえて眠れなかった。そのうちに、死体置場で見たレイチェルの死に顔が脳裏に浮かんだ。アイヴィは無残なイメージを頭から払いのけ、隕石《いんせき》について考えた。アイヴィはなぜか隕石に興味を持っていて、図書館で隕石関連の本を何冊も借りたことがあった。ごく普通の石も好きで、下宿の部屋には石の入った箱がいくつも置いてある。畑へ隕石を探しに行って、尖頭器《せんとうき》を拾って帰ってきたこともあった。大学で履修したわけではなかったが、アイヴィは考古学に造《ぞう》詣《けい》が深かった。彼女にとって、考古学は趣味のようなものなのだ。

アイヴィは畑で拾った尖頭器をコミュニティ・カレッジの人類学の教授に見てもらった。その尖頭器は予想していたよりもはるかに古いもので、六千年ほど前に作られたものだった。

それからアイヴィは、ある夏の日に思いをはせた。当時十七歳だった彼女は、スチュアートが馬にまたがり、カウボーイたちとともに雄牛を追い立てる様子を眺めていた。馬に乗って風のように疾駆する彼の姿に、彼女はすっかり魅せられてしまった。そして、ランチに戻ってきたスチュアートが悠然と鞍《くら》からおりるのを、うっとりと見つめていた。

スチュアートがアイヴィの視線に気づき、淡いブルーの瞳をきらめかせた。〝そんな目でぼくを見つめたら、あとで困ることになるぞ〟

アイヴィは緊張ぎみに笑った。〝ごめんなさい。あなたの乗馬姿につい見とれてしまったの。まるで、馬とあなたが一体になったみたいだったわ〟

スチュアートが不可解な目で彼女を見た。〝十代のころ、何年かロデオをやっていたんだ〟

〝だから乗馬がうまいのね〟

スチュアートがアイヴィを見つめながら、柔らかな髪に手をふれた。その瞬間、奇妙な空気がふたりを包みこみ、アイヴィは息をするのもままならなくなった。あれから三年たった今でも、当時の彼の熱いまなざしを鮮明に覚えている。スチュアートへの恋心が芽生えたのは、あのときだった。

アイヴィはスチュアートの視線を口元に感じて頬を染め、息を凝らして彼のキスを待った。ちょうどそのとき、カウボーイがスチュアートに声をかけた。彼は何事もなかったかのように歩み去り、それ以降、アイヴィを避けるようになった。メリーが彼女にレモン色のネグリジェを貸してくれた夜まで……。

どこからともなく音楽が聞こえてきた。きっとスチュアートがラジオでもかけたのだろう。アイヴィはスロー・バラードに耳を傾けながら眠りに落ちた。

夢のなかで子供に戻った彼女は、ジーンズに古びた白いシャツといういでたちで、変わった石を探して駆けまわっていた。

後ろには、白いドレスを着たレイチェルがいて、踵の高い靴をはき、調子はずれの歌を口ずさみながら危なっかしい足取りで踊っていた。

アイヴィが行く手に地割れがあることを教えると、

レイチェルは〝よけいなお世話よ〟と言い返したが、その直後につまずいて裂け目に落ちてしまった。

　レイチェルは地割れの端にはえていた低木につかまって、声を限りに叫んでいた。

「このまま落ちたら、あんたに突き落とされたと言いふらしてやる！」レイチェルが脅した。

「今、助けるわ！　わたしの手をつかんで！」

「汚い手を伸ばさないで。けがらわしい！　あんたはわたしの妹じゃないわ。あんたなんか大嫌いよ。あっちへ行って！」

「レイチェル、そんなこと言わないで……」

　レイチェルはアイヴィの助けを拒み、みずから手を離して深い淵《ふち》へと落ちていった。

「アイヴィ、あんたがわたしを殺したのよ。人殺し！」レイチェルの罵声《ばせい》が響いたあと、耳をつんざくすさまじい悲鳴がこだました……。

9

「アイヴィ、アイヴィ！　目を覚ませ！」

　レイチェルのあとを追おうとしていたアイヴィの手首を誰かがつかみ、ぐいと上へ引きあげた。アイヴィは一つ大きく息をして、閉じていた目を開けた。

　スチュアートの淡いブルーの瞳がすぐそこにある。アイヴィはぼんやりと目をしばたたいた。

「悪い夢を見たようだな」

　アイヴィは彼を見つめた。「レイチェルが崖《がけ》から落ちたの。わたし、助けることができなかった」

　スチュアートがアイヴィの手首を優しくさすった。「きみは夢を見たんだ。もう大丈夫」そう言ってから、彼女の胸元に視線を落とした。「別の危険がないわけではないが」

　そこでようやく、アイヴィはスチュアートが食い入るような目でこちらを見ている理由に気づいた。ネグリジェの前がはだけ、形のよい胸が片方あらわになっていたのだ。スチュアートは頬を紅潮させて歯を食いしばり、必死に自制しているようだった。

「そ、そんな目で見ないで……」アイヴィは真っ赤になって言った。

「そう言われても無理だ」スチュアートの声はかすれていた。「きみの胸は、このうえなく美しい」

　アイヴィは言葉を失った。スチュアートが彼女の両肩に手を置いて、ストラップを親指でそっとずらすと、ネグリジェがウエストのあたりまで滑り落ちて、上半身があらわになった。

　スチュアートはシルクのパジャマのズボンしかはいていない。彼のむき出しの胸が、アイヴィの胸にふれそうになる。

「二年前は、キスまででやめたんだったな。ネグリジェも、あえてあの夜と同じ色を選んだんだ」

　アイヴィは何も言えなかった。セクシーで清潔な彼の肌の香りが鼻をくすぐり、息をするのもままならない。スチュアートの手が彼女の二の腕をそっと撫《な》で、熱い吐息が彼女の唇にかかった。緊張感が高まるにつれ、官能の喜びがふくらんで、アイヴィは思わず身を震わせた。

「ぼくの我慢も限界だ……」スチュアートがアイヴィの口元に唇を寄せてつぶやいた。

　彼はむさぼるようなキスをしながらアイヴィを抱きしめた。彼女の柔らかな胸のふくらみが、彼の温かい胸板に押しつけられる。

　アイヴィは快感にうめいた。

「痛かったかい？」スチュアートがささやいた。

「いいえ」アイヴィは彼のうなじにおずおずと両腕をまわした。「こんな気持ち……初めてだわ」

スチュアートは口元をほころばせ、じらすようなキスをしながら、彼女の下唇に軽く歯を立てた。そして、いざなうように開かれた彼女の唇を親指でなぞり、さらに大きく開かせてから、口のなかへ舌をゆっくり滑りこませた。「怖がらないで」小さくささやいた。「これは息をするのと同じくらい自然なことだから」

スチュアートはアイヴィをベッドに横たえ、そっと体を重ねると、ネグリジェに覆われた脚のあいだに膝をわりこませた。

アイヴィは身をこわばらせた。不安と期待が体のなかでまざり合う。

スチュアートは探るような目でアイヴィを見つめ、彼女の顔にかかった髪を払いのけた。性急にことを進める気はないらしく、彼女のまぶたに軽く唇をふれて両目を閉じさせる。胸と胸を密着させているうちに、得体の知れない衝動が彼女をとらえた。

「アイヴィ？」

「何？」震える声で彼女は言った。

「力を抜いて、イギリスのことを考えてごらん」

アイヴィはこわばった笑いをもらした。

スチュアートがほほえみ、つんとがった胸の頂のまわりを指でなぞりはじめた。「テキサスのことを考えたほうが効果的かな」そう言って、鎖骨にそって唇を動かす。彼は快感におののくアイヴィを見て口元をほころばせ、鎖骨の下へゆっくり唇を這《は》わせたが、ピンクのつぼみを口にふくもうとはしなかった。アイヴィは、たまらずに身もだえした。初めて味わう官能の喜びに、彼女の体は驚くほど敏感に反応していた。

アイヴィは柔らかな胸を唇でなぶられて、思わず彼の肩に爪を立てた。

「こういうことは初めてかい？」彼女の反応を楽しみながら、スチュアートがささやいた。

「ええ」アイヴィは、しだいに執拗《しつよう》になってきた愛《あい》撫《ぶ》に身を震わせた。「スチュアート……」彼の唇は今にも胸の頂にふれそうだ。

「どうしてほしいか言ってごらん」

「そんなこと……言えないわ」

スチュアートは彼女の腰を片手で持ちあげて引き寄せ、頭をもたげはじめた欲望のあかしにふれさせた。「言ってごらん。望みどおりにしてあげるから」

アイヴィは、うめくような声をもらした。「わかっているくせに」

「素直じゃないな」スチュアートが顔をあげた。アイヴィは激情におののきつつ、うっとりした目で彼を見つめた。「ぼくはずっと前から、きみの胸に唇を押し当てたくてたまらなかった」スチュアートがアイヴィの胸に視線を落とした。「だが、これほどすばらしいとは夢にも思わなかったよ。きみの体が喜びに震えると、ぼくはうれしくなってしまうんだ」そう言いながら、柔らかな胸のふくらみに唇を寄せていく。「ぼくがきみの望みをかなえたら、しびれるような快感を味わえるはずだ」

スチュアートの口に薔薇《ばら》色のつぼみをふくまれたとたん、アイヴィは歓喜の声をあげ、背を弓なりにそらした。愛撫が濃厚になるにつれ、彼女はすすり泣くような声をもらして彼にすがりついた。

スチュアートがアイヴィの上に覆いかぶさり、腰から胸まで密着させた。その瞬間、彼女のなかで情熱が炸裂《さくれつ》した。

「ああ、スチュアート、お願い……」アイヴィは思わず声をあげた。「お願い、やめないで」

唇を重ねると、スチュアートはリズミカルに体を揺らしはじめた。アイヴィは恍惚《こうこつ》として彼の体にしがみついた。スチュアートが欲しくてたまらない。そう思ったとき、彼は唐突に身を引いてしまった。

アイヴィはあらわになった胸を隠しもせず、歓喜の余韻に打ち震えながら彼の背中を見つめていた。

彼はベッドのかたわらに立ったまま、必死に自制心を取りもどそうとしているようだった。

スチュアートは二度続けて深い息をついてからふりかえり、欲望に燃える目で彼女を見た。

アイヴィはどうしていいかわからず、スチュアートに近づこうとした。

「だめだ」彼は静かにアイヴィを制した。「今ここで、きみを抱くわけにはいかない」

「でも、そうしたいんでしょう？」

「当たり前だ」つらそうな声だった。「十代のころに戻ったような気分だよ。だがぼくは、欲望のおもむくままにきみの純潔を奪うつもりはない」

アイヴィは息をのんだ。「なぜわかったの？　わたしに男性経験がないって……」

「愚問だな」

女性経験が豊かなスチュアートには、すべてお見通しだったのだ。それでも、アイヴィは恥ずかしいとは思わなかった。彼に熱いまなざしを注がれるのは、彼女にとって喜びなのだ。

「全身がうずいているの」アイヴィはささやいた。

「ぼくも同じさ」スチュアートがベッドに腰をおろし、彼女の胸のふくらみを指でなぞった。「最後の一線を越えるのは簡単だ。だが、朝になったら、きみは自己嫌悪におちいってぼくを恨むだろう」

認めたくないけれど、おそらくそれは事実だ。

「でも、誰もがしていることだわ。統計では――」

「統計など、当てにはならない」スチュアートがアイヴィの胸にそっと口づけをした。「純潔とは官能をかきたてるものだ。きみの初めての相手になれたらと願い、何度も眠れない夜を過ごしたよ」

アイヴィは頬を染めた。

スチュアートが笑った。「きみもぼくに抱かれている自分を想像したことがあるはずだ」

アイヴィの頬はますます赤くなった。

スチュアートが大きく息を吸った。「この場合、どちらかが理性を働かせなければだめだ。おいで」

彼はふとんの下に体を入れて明かりを消すと、アイヴィを優しく抱き寄せた。「ぼくは今、きみを自分のものにしたくてたまらない。だから、ぼくをへたに刺激しないようにじっとしていてくれ。九九でも唱えながら眠りにつくんだ」

「添い寝をしてくれるの？」

「ああ。もう悪夢に悩まされることはないはずだ。さあ、目を閉じておやすみ」

アイヴィは目をつむった。スチュアートのぬくもりを感じながら眠れるはずはないと思ったが、まぶたを閉じるとすぐうとうとしてきて、朝までぐっすり眠ってしまった。

翌朝、眠りから覚めたとき、アイヴィは脈打つような痛みを右目に感じると同時に吐き気を覚え、ベッドにじっと横たわっていた。

そこへ、コーヒーを入れたカップを手にしたスチュアートがやってきた。彼はつらそうなアイヴィを見ると、すぐに笑顔を消した。「偏頭痛か」

アイヴィはうなずいた。「ごめんなさい」

「あやまる必要はない。頭痛はいつ起こるかわからないからな。そのまま横になっているんだ」

スチュアートはいったん部屋を出て、医師を連れて戻ってきた。医師の診察を受け、注射を打ってもらったあと、アイヴィは激痛に耐えながら目を閉じて眠りについた。

ふたたび目覚めたとき、痛みはかなりやわらいでいた。アイヴィはベッドに起き直り、眠そうな顔でスチュアートにほほえみかけた。

「ありがとう」彼女の声はかすれていた。

「偏頭痛のつらさは、ぼくもよく知っている。スクランブル・エッグでも食べるかい？」

「ええ」アイヴィはベッドから出て、ふらつく足で立ちあがった。「偏頭痛を起こしたのは、精神的なストレスのせいだわ」

「ああ」スチュアートはネグリジェ姿のアイヴィを抱きあげてリビングへ連れていくと、彼女を膝の上に座らせて、ルームサービスで頼んだスクランブル・エッグとベーコンを手ずから食べさせた。

アイヴィは彼のこまやかな心遣いに驚いた。誰かにこれほど優しくしてもらったのは初めてだった。

スチュアートが瞳をきらめかせてほほえむ。食事がすむと、アイヴィは彼に抱き寄せられ、一つのカップのコーヒーをふたりでわけ合って飲んだ。言葉を交わす必要はなかった。アイヴィは彼に守られ、愛されているのを感じた。

その後、ふたりはリムジンに乗って斎場へ出向き、装飾的な壺《つぼ》に収められたレイチェルの遺灰を受け取った。それからリムジンで空港へ行き、スチュアートのジェット機に乗りこんだ。

スチュアートは機内でアイヴィの手をずっと握っていた。テキサスに着くと、空港の駐車場に停《と》めてあった愛車に彼女の荷物を積みこんで下宿へ向かったが、そのあいだも彼女の手を握りつづけていた。

アイヴィは、あえて何も言わなかった。何か言えば、芽生えたばかりの、かけがえのない思いがそこなわれそうな気がしたのだ。

スチュアートは下宿の前で車を停め、彼女を先に降ろしたあと、ニューヨークから持ってきたキルトとアルバムをスーツケースと一緒にポーチまで運んでいった。そして、レイチェルの遺灰を収めた壺をスーツケースのかたわらに静かに置いた。

あたりはすでに暗く、ポーチの明かりも今夜はついていなかった。

「ひとりでも大丈夫かい？」スチュアートがアイヴ

ィの肩に手を置いて、優しく問いかけた。

「大丈夫よ。頭痛もおさまったから。スチュアート、いろいろとありがとう」

「礼には及ばない。レイチェルのボーイフレンドが何か言ってきたら、ぼくに電話するんだぞ」

アイヴィはうなずいた。「ええ」

「問題の会計簿のありかがわかったら教えてくれ」

「そうするわ」

スチュアートがアイヴィの頬を指でなぞった。

「レイチェルとつき合っていた資産家になるべく早く連絡を取って、貸し金庫に預けた宝石を引きとってもらうよ。きみは本当にそれでいいんだね？」

「返さなければ、あとで良心の呵責《かしゃく》に耐えられなくなると思うわ」

スチュアートがにっこりほほえんだ。「きみは正直者だからな」

アイヴィは彼を帰したくなかった。そう思うのは、ふたりでいることに慣れてしまったせいだろう。だが、今夜はひとりで眠らなければならない。

「そんな目をしないでくれ」彼の顎がこわばった。「ぼくだって、本当はきみを置いて帰りたくない」

スチュアートの息遣いが荒くなる。

「いけない子だな」スチュアートはささやき、アイヴィをきつく抱きしめて、長い長いキスをした。彼がようやく唇を離したとき、アイヴィは燃えさかる炎のような欲望に身を震わせていた。

そのとき突然、稲妻がひらめいて雷鳴がとどろき、アイヴィをぎょっとさせた。「気をつけて帰ってね」

スチュアートがほほえんだ。「明日の朝、雨が降っていたら、忘れずにレインコートを着るんだぞ」

アイヴィもほほえみ返した。雨がポーチに降りこんで、ふたりの体を濡《ぬ》らした。

「さあ、なかに入るんだ」スチュアートがうながした。「明日また電話する」

「わかったわ。おやすみなさい」

「おやすみ」スチュアートがウインクしてみせた。アイヴィは荷物を玄関からなかに入れたあと、ドアを閉めずに彼の車を見送った。彼女の人生は、今はじまったばかりだった。

ミセス・ブラウンとリタは、すでに床についたようだった。アイヴィは荷物を自分の部屋に運びこみ、レイチェルの遺灰を収めた壺をマントルピースの上に置いた。明日の朝、遺灰を父親の墓の隣に埋葬する手配をしなければならない。

ベッドに入っても、スチュアートのことばかり考えて、なかなか寝つけなかった。彼とふたりで人生を歩んでいけたらいいのに。アイヴィは心からそう願わずにいられなかった。

翌日、アイヴィは仕事に出かける前に、持ってきたもののすっかり忘れていた、姉の日記を読んでみることにした。だが、つづられていたのは日常の出来事などではなく、氏名と電話番号と地図の座標のような数字の羅列だった。

どんな意味があるのか、何度読みかえしてもわからない。そこで、今度はサン・アントニオの法律事務所から届いた手紙を開けてみた。その内容は、驚くべきものだった。レイチェルはジェイコブズビルの銀行の貸し金庫に何かを預けていて、自分の身に万一のことがあった場合、それをおおやけにするよう弁護士に依頼していたらしい。法律事務所からの手紙は、貸し金庫の鍵《かぎ》を担当弁護士に送るようレイチェルにうながすものだった。

アイヴィは大きなため息をついた。どうやら、レイチェルは誰かをゆすっていたらしい。でも、いったい誰を？

対処に困ったアイヴィは保安官のヘイズ・カーソ

ンに電話して、下宿まで来てもらった。彼女はヘイズをポーチで出迎え、キッチンへ招き入れた。

「さっそく来てくれてありがとう」アイヴィはいれたてのコーヒーをふるまいながら言った。「わたし、どうすればいいのかわからなくて困っているの。これを見て。なんだかわかる?」

アイヴィは法律事務所から届いた手紙と、意味不明の数字がしるされた手帳をヘイズに見せた。「この数字はGPSの座標だ」ヘイズが眉をひそめた。「知っている名前が二つある」ヘイズの黒い瞳が彼女のほうに向けられた。「どちらも、メキシコの麻薬密売組織と深いかかわりがある人物だ。ひとりは、行方不明中のジュリー・メリル。もうひとりは、パン屋のウィリー・カーだ」

アイヴィは顔をしかめた。「そんな」

「きみが提供してくれた情報は、このうえなく貴重なものだ。問題は、行方のわからない貸し金庫の鍵だな。その鍵を持っているのではないかと組織の連中に疑われたら、きみの命が危ない」

「わたしは鍵のありかなんて知らないわ。姉さんの部屋から持ち出したものをいくら調べても見つからなかったの。キルトの裏まで確かめたのよ」アイヴィはかぶりをふった。「姉さんが貸し金庫の鍵をどこに隠したのか、わたしには見当もつかないわ」

「そのほかに、レイチェルの部屋から持ち出したものは?」ヘイズがきいた。

「あるわ。つき合っていた年配の資産家に姉さんがプレゼントされた宝石よ。今は、ニューヨークの銀行にあるスチュアート名義の貸し金庫に預けているの。近いうちに、全部その資産家に引きとってもらうつもりよ」

「貸し金庫に預けた宝石のなかに、鍵を隠せるロケットのようなものはなかったかい?」

「なかったわ」アイヴィは断言した。

ヘイズが眉間《みけん》にしわを寄せてコーヒーを口にふくんだ。「行方不明の鍵が見つかるまで、かくまってもらえる場所はあるかい？」

アイヴィには、この状況でスチュアートやメリーの名前を出すことはできなかった。

「ないわ」彼女は悲しげに言った。

「そうか。安全確保のために、しばらくのあいだきみの行動を完全に把握しておく必要がある。麻薬取締局のアレクサンダー・コッブとグリヤ署長に連絡して、きみに護衛をつけるよう手配するよ」ヘイズが手帳をテーブルから取りあげた。「これはぼくが預かっていいかな？」

「もちろんよ」

手帳の裏を撫《な》でていたヘイズの親指が不意に止まった。彼は手帳をテーブルに戻し、ポケットナイフを取り出すと、裏表紙を切り裂いた。そして、貸し金庫のものと思われる鍵をつまみ出した。

「まあ！」アイヴィは驚きの声をあげた。「どうしてわかったの？　そこに鍵が隠してあるって」

「運がよかっただけさ。裏表紙と見返しのあいだに鍵のようなものがあるのを手に感じたから、裂いてみたんだ。さっそくサン・アントニオの弁護士に連絡して、この鍵が貸し金庫に合うかどうか確認してみる。金庫を開ける際には、レイチェルの近親者であるきみの同意が必要だと思うが」

「その前に、弁護士のブレイク・ケンプに会って、レイチェルの遺産の問題をかたづけないと……」

「ケンプの事務所まで車で送ろうか？　ぼくもケンプと話したいことがあるから」

アイヴィはうれしそうにほほえんだ。「送ってもらえると助かるわ」

アイヴィはブレイク・ケンプの事務所に電話して、三十分ほどでヘイズと一緒にそちらへ行くと伝えた。ケンプは最近、元秘書のバイオレットと結婚したばかりで、ふたりのあいだには、まもなく子供が生まれる予定だった。

アイヴィは法律事務所から届いた手紙とレイチェルが遺《のこ》した手帳を持って、ヘイズの覆面パトカーに乗りこんだ。

ふたりを乗せた車が通りに出ると、路肩に停まっていた車がエンジンをかけ、ヘイズの覆面パトカーをゆっくり尾行しはじめた。

アイヴィが姉の遺産の件でブレイクと話をしているあいだ、ヘイズは待合室にひかえていた。

ブレイクがかぶりをふり、静かな声で言った。

「あなたは全然お姉さんに似ていませんね」

「わたしは母が浮気をしてできた子供だと、姉は父に言ったそうです」

「浮気をしてできた子供？」ブレイクが驚きの声をあげ、青い瞳を陰らせた。「ミセス・コンリーが夫を裏切るはずはありません！　あなたのお母さんは、日常的に暴力をふるわれていたにもかかわらず、夫を心から愛していたのです。第一、ミスター・コンリーが妻の浮気を見逃すはずはありません」

「それは本当ですか？」

「本当です」ブレイクが断言した。「レイチェルがああいう死に方をしたのは、今までに犯した罪の報いでしょう。しかし、なぜあなたがミスター・コンリーの実の娘ではないなどと言ったのでしょうね」

「たぶん、姉は父の遺産を独り占めにしたかったんだと思います」

「レイチェルは死ぬまでに、どれだけの人間の人生を狂わせたのだろう？」ブレイクがつぶやいた。

「姉さんに人生を狂わされた人は、大勢いると思います。今、姉さんのボーイフレンドが一冊の手帳を躍起になって捜しています。わたしがそれを見つけてヘイズに渡しましたが、そこには麻薬の密輸にかかわる重要な情報が隠されていました」

「あなたはご存知ないかもしれませんが」ブレイクが深刻な顔で言った。「レイチェルは麻薬を常用していたのみならず、高校のころから密売にもかかわっていました。彼女が貸し金庫に隠匿した文書には、関係者の名前も載っているでしょう。この町にいる組織の人間を一網打尽にできるかもしれません」

「ヘイズもそう言っていました。これで麻薬の隠し場所がわかるかもしれないと」

「この町では、麻薬のために数々の悲劇が生まれました。これを機に売人を一掃してほしいものです」

「わたしもそう思います」

「レイチェルの遺産のことは、ぼくにまかせてください」ブレイクは請け合った。「宝石の件で、スチュアート・ヨークと話をする必要がありますが」

「ええ」アイヴィはうなずいた。実のところ、まだスチュアートから電話がないのが気がかりだった。

「そろそろヘイズに入ってもらいましょう」ブレイクがインターコムで秘書に指示を出した。

オフィスに招き入れられたヘイズは、ブレイクに問題の手帳を見せた。

「レイチェルの愛人も、この手帳の存在を知っている」ヘイズの表情は険しい。「アイヴィが手帳を持ち出したと疑って、やつはここまでやってくるかもしれない。犯した罪を免れるため、自分に不利な証拠を隠滅しようとするだろう」

ヘイズとブレイクがアイヴィを見た。

「護身用の銃を手に入れるわ」

「その必要はない」ヘイズがきっぱりと言う。「きみをかくまってもらう場所は考えてある」

「しばらくモーテルに泊まってもいいけれど……」

「まさか、彼女をミネットに預けるつもりではないだろうな？」ブレイクがためらいがちにきいた。

ヘイズの顔がこわばった。「ミネットの牧場は町はずれにあるから、不審者がやってきたらすぐわかる。それに、あの牧場の管理人は、要人の警護を担当していた元シークレット・サービスだ」

「メリー・ヨークはアイヴィの親友だから、ヨーク牧場にかくまってもらってもいいのではないか？」ブレイクがアイヴィを見やった。「確か、ヨーク牧場にもFBIの元職員がいたはずだ」

アイヴィは赤面した。「メリーは今、サン・アントニオに住んでいるの。スチュアートも家にいるかどうかわからないし……」

「いるはずだ」ヘイズが言った。「今朝、噂《うわさ》の令嬢を乗せたスチュアートの車とすれ違ったから」

アイヴィの顔から血の気が引いた。ニューヨークで熱い口づけを交わし、あれほどこまやかな心遣いをしめしてくれたのに、テキサスへ帰るが早いか噂の新恋人のもとへ直行するなんてひどすぎる。スチュアートは、わたしのことなどなんとも思っていないのだ。ニューヨークであれこれ世話をやいてくれたのも、ただの哀れみだったのかもしれない。

アイヴィは苦悩に耐えかねて目を閉じた。

「大丈夫かい？」弁護士事務所を出て、ふたたび覆面パトカーに乗りこんだとき、ヘイズがきいた。

アイヴィは無理にほほえんでみせた。「大丈夫よ。ミネットのこと、もっと話して」

あまり気乗りしない様子で、ヘイズは口を開いた。「彼女は町の新聞を手がけている。きみも知っているはずだ」

「でも、会ったことはないわ」

ヘイズが肩をすくめた。「ミネットは大おばと腹違いの弟と妹と一緒に暮らしている。今日は新聞社でぼやがあって、清掃業者が現場のあとかたづけをしているから、仕事は休んだようだ」

「失火だったの？」アイヴィは尋ねた。

「わからない。ミネットの新聞には、麻薬の取り引きに関する記事が連日のように載っている。仕事熱心な新人記者の勇み足で厄介なことになるかもしれないと警告したが、彼女は聞く耳を持たなかった」

「名誉毀損《きそん》で訴えられる恐れもあるわね」

「それはすでに経験ずみさ。そのときは裁判で勝つことができたが、今度は相手が悪すぎる。いずれ悲劇が起こるとわかっているはずなのに、ミネットは一歩も引こうとしないんだ」

「彼女は改革者なのよ」

ヘイズは目を細めた。「ぼくの忠告を無視したために、命を落とすことになるかもしれない」

「ミネットにも護衛をつけたら？　麻薬の撲滅のために闘っている彼女に、警察は感謝すべきだわ」

「ミネットがやっていることは、なんの役にも立ってないよ」彼はうめいた。「彼女は麻薬の密輸に外国人がかかわっていることを指摘している」

「それが事実ですもの」

「ミネットは麻薬の撲滅を声高に訴えている一方で、不法移民には寛大だ。このままでは、双方を敵にまわしてしまうだろう」

アイヴィは表情をやわらげた。「あなたはマリオ・ヒカラのことを知っている？」

ヘイズが唇を引き結んだ。「ああ」

「奥さんのドロレスと四人の子供たちのことも？」

「知っている」

「マリオが住んでいたグアテマラのある村では、麻薬の売人を警察に突き出した男性の家族が皆殺しにされたらしいわ。そのとき、関係のない六家族が見せしめのために殺されたの。マリオたちは命からがら逃げ出したけれど、両親と祖父母と生まれたばかりの赤ちゃんは助けられなかったと聞いたわ」

「その話はぼくも聞いた。だが――」

「マリオたちはアメリカの市民権を取りたがってい

るわ」アイヴィはヘイズの声をさえぎってつづけた。「けれどグアテマラに強制送還されたら、麻薬の密売組織に支配されている村に戻って、一時滞在許可がおりるのを待たなければならないのよ」

「立場が変われば、考え方も変わるものだ」

「そうね」アイヴィはほほえんだ。「でも、統計で人を判断することはできないわ」

「移民帰化局に知り合いがいるから、マリオ一家のことを相談してみよう」ヘイズが降参したような口ぶりで言った。

「ありがとう、ヘイズ」

「ぼくにしてほしいことは、それだけかい？」からかうようにヘイズが言った。

「あとでリストにして渡すわ。ねえ、ヘイズ、わたしの下宿へ帰る道はこっちじゃないわよ」いつのまにか、ふたりを乗せた車は町の外へ向かっていた。

「ちょっと寄っていきたいところがあるんだ」

10

ミネット・レイナーは二十四歳にして〈ジェイコブズビル・タイムズ〉の経営者だった。新聞社は彼女の祖父から母親に譲られたもので、母親の死後は、父親が再婚した妻とともに経営していたが、そのふたりも三年前に亡くなった。幼いころから新聞社にいりびたっていたミネットが父親の跡を継ぐのは、ごく自然なことだった。ミネットは背が高くスリムな体つきで、瞳は黒く、鼻のあたりにそばかすが散っていた。ウエストまである淡いブロンドの豊かな髪は、彼女のいちばんのチャームポイントだった。

　亡くなった伯父から譲り受けた牧場で肉牛を育てている彼女には、腹違いの弟と妹がいた。十一歳になる弟のシェーンと、五歳になる妹のジュリーの世話は、同居している大おばのサラとふたりでしている。ミネットは十歳で母親を亡くした。その後、彼女の父親はドーン・ジェンキンスと再婚し、息子と娘をひとりずつもうけた。ドーンがこの世を去ってすぐ、ミネットの父親もあとを追うように心臓麻痺《まひ》で急死した。以来、ミネットはまだ幼い弟と妹をたいせつに育ててきた。

　ヘイズはミネットの家の玄関前に車を停《と》めた。そこにはミネットと弟たちがいて、はげかけた玄関のドアの白いペンキをぬりなおしていた。ミネットはジーンズにトレーナーといういでたちだ。車に気づいたらしく、ミネットは立ちあがってヘイズをにらんだ。

　ヘイズも負けずににらみかえした。「きみに頼みたいことがある」

　ミネットが怒りをあらわにした。「わたしがあなたの頼みを聞く必要なんてないはずよ」

「もっともだ。だが、麻薬の密売組織に狙《ねら》われているアイヴィを、安全な場所にかくまいたいんだ」

　ミネットは目を細めた。言いたいことを言わずに我慢しているようだ。

「彼女の滞在費用は郡のほうから支払われる。ほんの数日でいいんだ」

　ミネットが弟と妹に気遣わしげな目を向けた。

「きみに異存がなければ、警護のために部下をひとりよこすつもりだ」

「わたし、以前からホテルを開業したいと思っていたのよ」ミネットは皮肉を言ったが、アイヴィの驚いた顔を見て、にっこり笑った。「ごめんなさい。ごらんのとおり、わたしと保安官は仲が悪いの。でも、あなたは大歓迎よ。サラおばさんも話し相手ができて喜ぶわ。わたしは夜遅くまで仕事をしているから」そこでいったん口を閉じ、ヘイズをにらみつける。「暇を見つけて、誰かに大量の麻薬を与えることもあるけど」

「黙れ」ヘイズがミネットの視線を避けて言った。

この様子では、ヘイズに対するメリーの思いは報われそうにないわ、とアイヴィは思った。ヘイズとミネットのあいだには何かがある。

ジュリーがヘイズに歩み寄り、優しい声できいた。「おじちゃん、子供はいるの？」

「気をつけて、ジュリー」ミネットがヘイズを見ながら言った。「がらがら蛇に噛《か》まれるわよ」

ヘイズとミネットがふたたびにらみ合う。

ヘイズはミネットと同じブロンドの髪をした少女に向かって言った。「いいや、子供はいないよ」

「残念ね」ジュリーが大人びた口調で言った。「お姉ちゃんは、子供ほどかわいいものはないって言うのよ」ふいに顔をしかめる。「おじちゃんは、がらがら蛇には見えないわ」

「ジュリー、キッチンへ行って、雑巾《ぞうきん》を持ってきてくれる？」ミネットが妹に頼んだ。

「うん、わかった！」少女が家に駆けこんだ。

「うちでよかったら、泊まっていって」ミネットはアイヴィに温かい笑顔を向けた。

「荷物を取りに下宿へもどろう」ヘイズが言う。

アイヴィは躊躇《ちゅうちょ》した。「ねえ、本当に身を隠す必要があるの？」

「ミセス・ブラウンには、レイチェルのボーイフレンドを撃退する力はない」

「それもそうね」アイヴィはミネットにほほえみかけた。「わたし、料理はわりと好きだから、よかったらお手伝いさせて」

ミネットが笑った。「それは助かるわ。サラおばさんもわたしも、料理はあまり得意じゃないの。わたしたちの手料理を食べて死んだ人はいないけれど」

「今のところはな」ヘイズが冷ややかに言った。

ミネットの目に怒りの炎が燃えた。「いずれ真実が明らかになるわ！　わたしはあなたの弟を殺してなんかいない。ボビーは自殺したのよ。あなたはそれを認めたくないんでしょう？　だから、他人に責任をなすりつけようとするのよ」

「弟に麻薬を買い与えたのは、きみだ！」ヘイズが言い返す。

「わたしは麻薬をやったことも、お酒に酔っぱらったこともないわ。まっとうに生きてきたわたしが、麻薬を売っている場所を知っていると思う？」

表情を見ても、ヘイズが何を考えているかはわからなかった。

「この話は、もううんざりだわ。アイヴィ、すぐにあなたの部屋を用意するわね。空いている部屋は、いくらでもあるから」ミネットが二階建てのヴィクトリア朝様式の家を指さした。

「ありがとう」アイヴィは礼を言った。「ヘイズ、荷物を取りに行きましょうか？」

ヘイズは眉間《みけん》にしわを寄せてミネットを見つめていた。「え？　ああ、そうだな。ミネット、マーシュにも話をしておきたいんだが」

「マーシュなら、納屋で鞍《くら》の修理をしているわ」

ヘイズはアイヴィを先に車に乗せ、納屋へ行った。数分後には戻ってきて、それからミセス・ブラウンの下宿に車を向かわせた。

ヘイズとミネットのいさかいの原因は、三年前にボビーが麻薬の過剰摂取で亡くなったことにあるようだった。弟のボビーが死んだのはミネットのせいだ、とヘイズが糾弾する根拠はどこにあるのか、アイヴィは知りたいと思った。ミネットが麻薬撲滅のために闘っていることは、町の誰もが知っている事実なのだ。

「ミネットって、いい人ね」アイヴィは言った。

それに対するヘイズの答えはなかった。「あそこには元シークレット・サービスのマーシュがいるから安心していい。きみがあの牧場にいることが組織の連中にばれたとしても、不穏な動きがあればすぐわかる。レイチェルのボーイフレンドは、きみが例の手帳を持ち出したとは知らないはずだから、ここまで来る恐れはないだろう。とはいえ、用心に越したことはない。事情を話せば、ヨーク牧場に身を寄せることもできると思うが」

今度はアイヴィが口をつぐむ番だった。

翌日、アイヴィは銀行へ行き、麻薬取締局のアレクサンダー・コップとキャッシュ・グリヤ署長の立ち会いのもと、レイチェルの貸し金庫を開ける権限をヘイズに委任した。

貸し金庫のなかには、貴重な情報が山ほど眠っていた。レイチェルは組織の関係者の名前や、大量の麻薬がいつどこから入ってきて、どこへ運ばれたのかを詳細に記録していた。レイチェルのボーイフレンドのジェリーのほかに、ジェイコブズビルの住民がひとりと元市会議員がふたり、関係者として名を挙げられていた。

「宝の山が見つかったな」グリヤ署長が言った。「これだけの証拠があれば、南テキサスへの麻薬供給ルートの一つを完全につぶすことができる」

「この情報を活用しない手はない」コップも同意する。

ヘイズがアイヴィにほほえみかけた。「これでレイチェルも罪ほろぼしができる。彼女には、別の思惑があったのかもしれないが」

おそらく、レイチェルはこの情報をもとに誰かをゆすっていたのだろう、とアイヴィは思った。レイチェルは不慮の死をとげ、はからずも麻薬撲滅のために大きな役割を演じることになったのだ。

その後、アイヴィは下宿に戻り、荷物をまとめて、リタとミセス・ブラウンに事情を話した。

「父が遺《のこ》してくれたショットガンがあるから、ここにいても大丈夫よ」ミセス・ブラウンが引きとめた。

「麻薬の売人なんて怖くないわ」リタも言った。

「でも、こういうときは警察の指示に従ったほうが安全だと思うの」アイヴィはふたりをなだめた。「わたし、あなたたちを危険な目に遭わせたくないのよ。わかってくれるでしょう？」

ふたりはしぶしぶ承知した。

レイチェルの遺灰はしばらく部屋に置いておくことにした。葬るのは、この件がかたづいてからにしよう。

レイナー牧場では、アイヴィのためにミネットの隣の部屋が用意されていた。ミネットの大おばのサラは白髪で、元気いっぱいの小柄な女性だった。幼いシェーンとジュリーは心優しく、ミネットは茶目っけのある性格だった。

「まさか、ヘイズがあなたをうちに連れてくるとはね」ステーキと薄焼きパンを食べながら、ミネットが言った。「彼、わたしを毛嫌いしているのよ」

「だからこそ、密売組織に狙われる恐れのあるわたしを連れてきたのかも」アイヴィは冗談を言ってから、気遣わしげにかぶりをふった。「わたしのせいで、子供たちが危ない目に遭ったら……」

「大丈夫」ミネットが請け合った。「マーシュ・ベイリーがいるから。マーシュは射撃の名手なの。招かれざる客がやってきたら、一発であの世行きよ」

「姉さんのボーイフレンドは、わたしが手帳を持ち出したことに気づいてここへ来るかもしれないわ」

「そんな愚かなまねはしないわよ」ミネットがコーヒーに口をつけ、穏やかな目でアイヴィを見た。「考えてみて。問題の手帳には、密売組織にとって大打撃となる証拠が満載されているのよ。それが警察の手に渡っていたら、自分の身が危ないわ。そうと知りつつ、テキサスへ来るかしら？　むしろ、高飛びする可能性のほうが高いんじゃない？」

「そうね。わたしなら、どこか遠くへ逃げるわ」

ミネットがほほえんだ。「わたしもよ」

それから二日間、アイヴィはレイナー牧場で過ごした。ヘイズが一度、様子を見にやってきて、パン屋のウィリー・カーが麻薬密売の罪で逮捕されたことを教えてくれた。組織の一員として手帳に名前が載っていたジュリー・メリルはいまだ逃走中で、実の父親もその行方を知らないとのことだった。

「レイチェルの変死事件を捜査しているブルックリン分署にも電話をしておいた。昨日、彼女のボーイフレンドが事故に遭って、病院にかつぎこまれたそうだ。助かる見込みはないらしい」

「いったい何があったの？」アイヴィはきいた。

「借りているアパートメントのエレベーター・シャフトに転落したんだ。目撃者がふたりいるが、どちらも裏社会とかかわりのある人間だった。噂《うわさ》によると、ジェリー・スミスは別の売人の縄張りを荒らそうとして報復されたらしい」

「ひどい話ね」そう言いつつも、ジェリーに同情はできなかった。「でも、自業自得だわ」

「同感だな」

「ジェリーがそういうことになったのなら、わたしはもう下宿に帰ってもいいの？」

ヘイズは返事を躊躇した。「いけないとは言わないが、まだ組織の人間がうろついている。相手がわからないだけに、対処のしようがないんだ」

「わたしにいい考えがあるわ」

「本当かい？」

「レイチェルが遺した情報を警察が入手したことを、ミネットの新聞で大々的に報道してもらうのよ。そうすれば、組織の人間は恐れをなして、ジェイコブズビルから出ていくんじゃないかしら」

ヘイズが口元をゆるませた。「悪くないアイデアだ。さっそくミネットに頼んでみるよ」

「じゃあ、下宿に帰ってもいい？ 姉さんの葬儀を手配したいの」

「いいだろう。何かあったら連絡してくれ」

「そうするわ。ありがとう、ヘイズ」

「礼には及ばないよ」

こうしてアイヴィは下宿に戻った。とはいえ、まだ完全には安心できなかった。スチュアートと連絡が取れていれば相談に乗ってもらえるのだが、彼はアイヴィがいちばん助けを必要としていたときに噂の美女のもとへ走ったのだ。どうしてなの？ アイヴィはその理由が知りたくてたまらなかった。

翌日、アイヴィはレイチェルの葬儀を執り行うために車で町の墓地へ行った。空は灰色で、木々の葉はすっかり落ち、霧雨まで降っている。冷たい風が吹きすさぶ墓地は、ひどく寂しく感じられた。

レイチェルの遺灰は、父親の墓の隣に掘られた小さな墓に葬られることになった。参列者はいなかった。レイチェルには敵が多いので、新聞に葬儀の告知を載せるのをやめたのだ。

アイヴィは裾《すそ》の長いグレーのワンピースの上に、ツイードのロングコートをはおっていた。それでも風は身を切るように冷たい。ゆうべは、スチュアートが遠ざかっていった理由について考えていて、よく眠れなかった。ニューヨークではあんなに優しくしてくれたのに、テキサスに帰ってから、彼はわたしの存在など忘れてしまったかのようだ。アイヴィはスチュアートに会いたくてたまらなかった。彼の姿を遠くから眺めるだけでもいいと思ったが、ふたりが顔を合わせる機会は二度と訪れそうになかった。

冷たい風のなか、姉の遺灰を収めた壺《つぼ》を見つめるうちに、いまだかつて感じたことのない寂しさがこみあげてきた。

アイヴィは牧師のとむらいの言葉に耳をかたむけながら、飽くことのない欲望のために身を滅ぼした姉の人生に思いをはせた。そして、悲惨な死をとげた姉の魂が無事に天国に行き着くよう願った。

牧師の祈りが終わって顔をあげたとき、アイヴィは思いがけない人の姿を目にしてうれしくなった。厳しい顔をしたスチュアートが、こちらに向かって歩いてくる。礼装用の帽子を目深にかぶり、グレーのスーツをまとった彼の姿は、きわだって見えた。スチュアートは墓のかたわらで足を止め、複雑な表情を浮かべているアイヴィを見つめた。

「遅れてすまない」スチュアートが言った。「葬儀の時間がわかっていたら、メリーも連れてきたんだが」

「姉さんの葬儀に参列してくれる人がいるとは思わなかったのよ」

「なるほど」スチュアートが彼女の手を取り、きつく握りしめた。アイヴィはほっとすると同時に自信を取りもどし、涙ぐんだ目で彼を見あげた。

葬儀業者と牧師が悔やみの言葉を述べ、遺灰が入った壺を墓に収めるよう作業員に指示した。

「最後まで見届けるかい？」スチュアートがきいた。

アイヴィはうなずいた。「あんな死に方をした姉さんがかわいそうだもの」

スチュアートは何も言わず、彼女の手を握った手に力をこめた。

葬儀のあと、アイヴィはスチュアートにともなわれ、近くに停めてあった車のところへ戻った。「この車より、一輪車のほうが安全そうだな」

「これでもちゃんと動くわ」

スチュアートがアイヴィの肩に手を置いて、自分のほうを向かせた。「ニューヨークから帰ったあと、きみがヘイズの車に乗っているのを見た」

「ヘイズとグリヤ署長は――」

「レイチェルの貸し金庫を開けるときに立ち会ってくれたんだろう？」スチュアートの瞳がきらめいた。「アイヴィ、なぜぼくに連絡しなかった？」

アイヴィも瞳を輝かせた。「あなたこそ、なぜわたしに電話しないで、社交界にデビューしたばかりの噂の美女と車を乗りまわしていたの？」

スチュアートの表情がやわらいで、口元がほころんだ。「やきもちを焼いたのかい？」

「あなたもヘイズに嫉妬《しっと》したんじゃない？」

スチュアートがいたずらっぽく笑った。

アイヴィは頬を染めて目をふせた。「わたし、あなたが心変わりをしたと思って……」

スチュアートが人差し指でそっと彼女の唇にふれた。「ぼくもきみが心変わりをしたと思ったよ」

アイヴィは彼の目をじっと見た。スチュアートは身をかがめ、彼女と軽く唇を重ねたが、それに応《こた》えようとした彼女を優しく押しとどめた。

「墓地で熱い口づけを交わすのはまずい」

アイヴィは咳払《せきばら》いした。「あなたがはじめたのよ」

「きみも抵抗することを知らないからな」スチュアートがからかった。「そこがまたいいんだが」

アイヴィは恥ずかしそうに笑った。

「ヘイズとふたりで、ミネット・レイナーの家へ行ったのはなぜだい？」

「どうしてわたしがミネットの家へ行ったことを知っているの？」

「好奇心の強い町民たちの目を逃れることは、誰にもできやしないさ。キャッシュに事情を聞くより早く、薬屋と銀行員がきみのことを話してくれた。本当は、きみがぼくに話すべきだったのに」

アイヴィは気まずそうに目をそらした。「黙っていたのは、あなたが噂の女性を車に乗せていたと聞いて、プライドが傷ついたからよ」

「彼女の叔父は、ぼくの取り引き相手でもあるんだ。ぼくはただ、叔父を訪ねてきた彼女を町まで送っていっただけさ」スチュアートがアイヴィの顎に手をそえて上を向かせた。「彼女を車に乗せているところを、わざとヘイズに見せつけてやったのは事実だが」

「レイチェルが、この地域への麻薬供給を断つことができる情報を遺していってくれたの」アイヴィは思い出して言った。「これで姉さんの名誉も少しは回復できるんじゃないかしら。それはそうと、貸し金庫に預けた宝石はどうなったの？」

「昨日、ニューヨークへ飛んで、レイチェルとつき合っていた資産家の弁護士に引きとってもらったよ。高価な宝石を残らず返却したきみに、謝礼金を払いたいそうだ」

「謝礼なんていらないわ」

スチュアートがほほえんだ。「きみは受け取りを拒むだろう、とぼくから言っておいたよ。そうしたら、その資産家になんて言われたと思う？」

「わからないわ」

「きみのように類《たぐい》まれな女性と巡り合えたぼくは、幸せ者だと言われたよ」

「あなたはそう思わなかったんじゃない？」

スチュアートは顔をしかめた。「確かに昨日はそう思わなかった。きみがぼくに黙って、ヘイズとふたりでミネットの家へ行ったからな」

「あそこにはマーシュがいるから安全だと、ヘイズは考えたのよ。付近に家もないから、不審者が近づいてきたらすぐわかるし」

「うちにも元ＦＢＩのチェイスがいる。きみはうちへ来たほうが安全だ」

「本当にそう思う？」

　スチュアートが眉間にしわを寄せて深い息をついた。「実は、メリーにお目付け役を頼んだんだ。うちで預かることになった若い女性に、ぼくが妙なまねをするといけないから。その若い女性がきみだと知って、メリーは大笑いしていたよ」

「でしょうね」

　スチュアートはアイヴィのてのひらに唇を押しあてた。「下宿まで、ぼくも車でついていくよ。きみの車は下宿に置いて、ぼくの車で牧場へ行こう」

「わたし、ミセス・ブラウンやリタに迷惑をかけたくないの。レイチェルのボーイフレンドだったジェリーは事故に遭って、助かる見込みがないそうよ」

　そのことを、アイヴィは手短に説明した。「けれど、まだ組織の人間がわたしを狙っているかもしれないわ。車を下宿に置いていったら、ミセス・ブラウンやリタが危険な目に遭う恐れがあるのよ」

「じゃあ、保安官事務所に置いていこうか？」

「ヘイズは気を悪くしないかしら？」

「しないさ。あいつはスリルを味わうために生きているんだ。だから、いまだに結婚できないのさ」

「でも、ヘイズとミネットの関係は、一触即発の状態にあるみたいだったわ」

「ああ、いずれ大爆発が起こるだろう」彼はうなずいた。「その結果、何が起こってもおかしくない。だからメリーをヘイズに近づけたくないんだ」

「メリーは察しがいいから大丈夫よ」安心させるように言う。

「だが、ときどき愚かなまねをするから心配なんだ。さあ、保安官事務所へ行こう」

　アイヴィは悲しみや不安を忘れ、幸せな気分で保安官事務所に車を停めた。

「彼女がなぜおまえのところへ行くと言わないのか、不思議だったんだ」ヘイズが言った。

「ちょっとした誤解があってね」スチュアートはヘイズに見せつけるようにアイヴィの手を取った。「だが、それも解消できた。メリーも何日か仕事を休んで、うちへ帰ってくる予定だ。アイヴィのことは全力で守るから安心してくれ」

「噂の美女はどうしたんだい？」ヘイズはにやりとした。

「フィアンセがいるヒューストンへ帰ったよ」

「なるほどね」ヘイズが心得顔で見つめてきたので、アイヴィは頬を染めた。

「車を預かってくれてありがとう」アイヴィは礼を言った。「下宿には置いていきたくなかったの」

「お安いご用さ。組織の連中が、きみは保安官事務所で寝泊りしていると考えて行動を起こしてくれれば、こっちも助かるからな」ヘイズはにやりとしてみせた。

「誰かを捕まえたら、わたしにも教えて」

「もちろんだ」

「組織の人間を逮捕したら、ヘイズは本当に連絡してくれると思う？」ヨーク牧場へ向かう車内で、アイヴィはスチュアートに尋ねた。

「ああ。きみは事件の関係者だからな」スチュアートが彼女の手を握りしめた。「実は、ニューヨークで新たにわかった事実があるんだ。ヘイズにはあえて言わなかったが」

「何がわかったの？」

「宝石を引きとってもらった資産家は、私立探偵を雇ってレイチェルの行動をひそかに探らせていたんだ。その結果わかったことだが、レイチェルはボーイフレンドから入手した情報をもとに、麻薬の密売組織の大物をゆすっていたらしい。脅迫の材料となった証拠は、レイチェルがどこかに隠したようだ」

「姉さんは組織に抹殺されたの？」アイヴィは不安

げにきいた。

「レイチェルがどんな証拠をどこに隠したかわからない段階で、組織がそこまでするとは思えない」

「でも、ずっと前から麻薬を常用していた姉さんが、摂取量を間違えるはずがないわ」

「だが、遺体には抵抗したあとがなかったそうだ」

「だったら、どうして……」

「薬物検査の結果、レイチェルは純度百パーセントのコカインを摂取したことがわかった」

「誰かがそれを姉さんに与えたの？」

「ジェリーが、厄介払いのために故意に与えたのかもしれない。摂取量がいつもと同じでも、濃度が高ければ死に至ってしまう。自殺に見せかけた殺人だ」

「ジェリーは結局、自分で自分の首をしめたのね」

アイヴィは辛辣《しんらつ》な口調で言った。「麻薬取締局に供給ルートを断たれたら、組織は誰かにその責めを負わせるはずだわ。レイチェルがいないとなると、ジェリーに責任を取らせるしかない。組織による血の粛清が待っているとわかれば、ジェリーは死んだほうがましだと思ったでしょうね」

「だろうな」スチュアートがアイヴィをちらりと見た。「因果応報というわけだ」

「かわいそうなレイチェル」アイヴィはかぶりをふった。「欲を出しすぎるからいけないのよ」

「いつものことさ。三年前、ヘイズの弟のボビーはレイチェルを連れてパーティに出かけたんだ。レイチェルは当時ボビーに熱をあげていた。カーソン家は裕福だからな。レイチェルはそのころから麻薬の売人をよく知っていて、ボビーが麻薬の過剰摂取で死んだとき、彼女は自分が犯した罪をミネットに着せたんだ」

「姉さんならやりかねないわ」アイヴィは同意した。

「でも、ヘイズは今もミネットを敵視しているのよ」

「なぜなのか、理解に苦しむな。品行方正なミネットの周辺に素行の悪い者はいないはずだが」

「彼女のこととなると、ヘイズは理性が働かなくなってしまうのよ」

スチュアートがほほえんだ。「自由を奪われることを予感した男は悪あがきをするものさ。三十すぎた男にとって、自由ほどたいせつなものはない」

「男の人は身を固めるのをいやがるものね」

「いや、いつかは家庭を持ちたいと思うものさ。意中の相手をほかの男に奪われそうになっても、自由でいたいと思う男はいない」スチュアートがアイヴィに目をやった。「ぼくはヘイズにパンチをお見舞いしてやろうと思ったよ」

アイヴィは頬を染めてほほえんだ。「本当？」

「ヘイズとのあいだには何もなかったと断言できるかい？」スチュアートがしつこくきいた。

「できるわ」アイヴィは彼と指をからませた。

スチュアートがうれしそうにほほえんだ。

ヨーク邸にはメリーがすでにいて、ふたりを出迎えた。しばらくスチュアートとふたりきりで過ごしたいと思っていたアイヴィは、少しがっかりした。

スチュアートは車から降りると、アイヴィをともなって玄関のステップをあがっていった。

「兄さんからあなたの話を聞いたとき、冗談だと思ったわ」親友を抱きしめながらメリーがからかった。

「わたしも、こうなるとは思わなかった」アイヴィは、はにかみつつスチュアートを見あげた。

「なかに入って」メリーがうながす。「ミセス・ローズがケーキとコーヒーを用意してくれたから」

「墓地は寒かったから、温かいものが飲みたいわ」

「わたしも参列したかったけれど、二十分前に着いたばかりなの」メリーは優しい声でつづけた。「レイチェルのこと、残念だったわね」

「ええ。姉さんには、もっと幸せな人生を歩んでほしかったわ」

「レイチェルが遺した情報をもとに、この地域から麻薬を一掃できるといいんだが」スチュアートがアイヴィと並んでソファに腰をおろした。

「あのレイチェルが、組織に関する情報を遺したの？」メリーが驚きをあらわにした。

「ええ」アイヴィがメリーに事情を説明していたとき、ミセス・ローズが銀のトレイにコーヒーとケーキをのせてリビングに入ってきた。

「ヘイズはどうして、毛嫌いしているミネットのところへあなたを連れていったのかしら？」メリーの顔には好奇心がにじんでいる。

「本当に嫌っているかどうか疑問だな」スチュアートがケーキを食べながら言った。

「ふたりの関係は一触即発の状態にあるの」

メリーがため息をついた。「やっぱりね」そこでにっこり笑う。「以前、ヘイズに夢中になったのは事実だけれど、今もつき合いたいだなんて思っていないわ。彼とわたしは違いすぎるもの」メリーは照れくさそうに笑った。「それに、勤務先の病院に、離婚したばかりのハンサムなドクターがいるの」

「もっとくわしく話して」アイヴィはうながした。

スチュアートがコーヒーを飲みほして立ちあがった。「ぼくは仕事があるから遠慮させてもらうよ。アイヴィ、どこへも行くんじゃないぞ」

「行かないわ」アイヴィは約束した。

スチュアートがウインクしてみせた。

兄が立ち去るのを待って、メリーが口を開いた。

「あなたと兄さんがこういうことになるなんて、いまだに信じられないわ！」

「わたしもそうよ。実はわたし、十八歳のときからスチュアートを愛していたの」

「兄さんも同じ気持ちだったんじゃないかしら。兄さんときたら、ヘイズがあなたに手を出したと思って怒り狂っていたのよ」メリーが笑った。「でも、もう安心ね！　わたし、あなたがヘイズに恋をしていると思っていたの。ヘイズとミネットのあいだに何かが起こりそうな予感もしたわ。そうなったとき、あなたが傷つくのを見たくなかったのよ」

アイヴィは安堵《あんど》して口元をほころばせた。「心配してくれてありがとう。でも、わたしはずっと前からスチュアートを愛していたの。彼も同じ気持ちでいてくれたなんて、信じられないわ」

メリーがくすくす笑った。「わたしは信じられるけど」

アイヴィは身を乗り出した。「それより、ハンサムなお医者様のことを話してちょうだい！」

夕食後、メリーは、ケーブルテレビで映画を観《み》ようと言ってミセス・ローズを二階へ誘った。スチュアートはアイヴィを書斎へ連れていき、誰にも邪魔されないようドアに鍵《かぎ》をかけた。

アイヴィは緊張と喜びを覚えつつ、彼の胸に身をゆだねた。

「もう我慢の限界だ」スチュアートが彼女の唇を奪った。

アイヴィは彼の体にすがりつき、熱い口づけを返した。スチュアートに抱きあげられ、革張りのソファに運ばれる。彼はアイヴィをソファに横たえ、上から覆いかぶさるようにして体を重ねた。

熱いものがこみあげてきて、アイヴィは思わず身を震わせた。

スチュアートは彼女の腰を自分のほうへ引き寄せた。アイヴィがむさぼるような口づけを受けてあえぐと、彼の唇からうめくような声がもれた。やがて、彼の手がブラウスの下へ滑りこんできた。

「きみの肌はシルクより柔らかく、滑らかで、温かい。アイヴィ、ぼくはきみが欲しい」

　アイヴィも同じようにスチュアートを求めていた。それでも、つのる不安に身をこわばらせた。

　スチュアートが顔をあげた。「ぼくが求めれば、きみは体を開いてくれるだろう。だが本当は、こんな形で純潔を失いたくないんじゃないか？」

　アイヴィは、ごくりと唾《つば》をのみこんだ。「わたし……世間の風潮がどうであれ、未婚の男女が肉体関係を持つのはいけないことだと教えられたの」

　アイヴィは不安げにスチュアートを見た。彼は三十代の大人の男性で、生涯結婚はしないと公言していた。だが、夫以外の男性に体を許すのは、アイヴィにはできないことだった。とはいえ、スチュアートに捨てられたら、生きていけないだろう。アイヴィは途方にくれ、訴えるような目で彼を見た。

　今こそ、ふたりの愛が試されるときだった。

11

　アイヴィが希望を失いかけたとき、スチュアートが口元をほころばせた。スチュアートは体をずらして彼女の隣に横たわり、濃厚な口づけの名残をとどめた唇を指でなぞった。アイヴィは我知らず、彼のシャツの前をはだけ、たくましい胸に手を這《は》わせていた。彼女の上半身も、いつのまにかあらわになっていた。

「ぼくはかつてきみに、バージンは誘惑しないと言った。覚えているかい？」

「ええ、覚えているわ」

「誘惑はしないが、結婚はしたい」スチュアートが唇を寄せて言った。

アイヴィは目をみはった。「わたしと……結婚？」

スチュアートはアイヴィのまぶたにキスをして、目を閉じさせた。「そうだ。きみが十八歳だったころから、ぼくはきみを自分のものにしたくてたまらなかった。そのために自己嫌悪におちいったこともある。きみはあまりにも若すぎたから」彼はそこで彼女を抱きしめた。「だが、きみなしでは生きていけない」

「わたしも、あなたなしでは生きていけないわ」アイヴィはスチュアートにすがりつき、すすり泣きながら告白した。「あなたを愛しているの」

スチュアートは彼女に熱いキスをした。

ふたりが情熱に身をゆだねかけたとき、誰かが書斎のドアをノックした。

「ケーキとアイスクリームが欲しい人はいる？」ドアの向こうからメリーの声がした。

「ここにふたりいる」スチュアートが笑いながらウインクしたので、アイヴィは真っ赤になった。

「持ってきてあげるから、戸口まで取りに来て」

スチュアートが顔をしかめた。「わかった」

「じゃあ、五分後にまた来るわ！」

メリーの足音が遠ざかっていった。

スチュアートがいたずらっぽく目を輝かせ、ふたたびアイヴィの上に覆いかぶさった。「与えられた時間は五分だ。有効に使うとしよう」

盛大な結婚式の準備が着々と進むなか、警察署長のキャッシュ・グリヤと保安官のヘイズ・カーソンがアイヴィに会いに来た。スチュアートは牧場に出ていたため母屋にはおらず、メリーも招待状とウエディング・ケーキを手配するために外出していた。

招待客のリストを作っていたアイヴィは、ミセス・ローズとともにリビングに入ってきたふたりを笑顔で出迎え、大きな暖炉のまわりに置かれた椅子を勧めた。

「その後、事件にどんな展開があったか報告しようと思って」ヘイズが言った。

「ぜひ聞かせて！」アイヴィは身を乗り出した。

「レイチェルのボーイフレンドに麻薬を流していた人物は、この町の住民だった」キャッシュが言った。「去年、泥酔した政治家とその娘が、パトロール中の警官に逮捕された事件を覚えているかい？」

「忘れた人はいないと思うわ」

「問題の政治家の娘、ジュリー・メリルは、姿をくらました二名の元市会議員とともに、麻薬の密売に深くかかわっていたことが判明した」

「ジュリーは放火の罪で起訴されたあと、姿を消したはずでしょう？」アイヴィは口をはさんだ。「ちょうどそのころ、麻薬王だったマニュエル・ロペスの縄張りをドミンゲスが引き継いだんじゃなかった？」

「たいした記憶力だ」ヘイズが笑った。

「ぼくより覚えがいいな」キャッシュもにやりとした。「その後、ジュリーの行方は杳《よう》として知れなかった。我々はレイチェルが遺《のこ》した情報をもとに、サン・アントニオのとあるホテルに踏みこんだ。そこに誰がいたと思う？」

「まさか、ジュリー・メリル？」

「そのとおり」キャッシュがうなずく。「ジュリーは身柄を拘束され、郡の留置場で罪状認否手続きを待っている」

「これでこの地域から麻薬を一掃できるかしら？　行方不明のふたりの元市会議員はどうなったの？」

「まだ逃走中だ」ヘイズがうなった。「だが、いずれ捕まえてみせるさ。それはそうと、ドミンゲスには後継者がいるらしい」

「いったい誰？」アイヴィはきいてみた。

キャッシュとヘイズが視線を交わした。「ある人物に目をつけて、今、証拠固めをしているところだ」キャッシュが言った。「麻薬取締局にいるメキシコ出身の捜査官に協力を仰ぐことになっている」

「ロドリゴ・ラミレスね」アイヴィはつぶやいた。

「きみはなぜラミレスを知っているんだい？」キャッシュがいぶかしげにきいた。

「コルビー・レインの奥さんのサリーナは、わたしの知り合いなの。ドミンゲスの事件を捜査していたとき、コルビーはサリーナの同僚だったラミレスとちょっともめたらしいわ」

「わかりやすく言うと」ヘイズがにやりとしてキャッシュを見た。「コルビーとロドリゴは犬猿の仲だったということさ」

「ロドリゴはサリーナと組んで、三年も一緒に仕事をしてきたからな」キャッシュが指摘した。

「だが、コルビーとサリーナのあいだには女の子がひとり生まれている」ヘイズは言葉を継いだ。「とにかく、ドミンゲスの後継者の所在はわかっているんだ。ロドリゴには潜入捜査をしてもらう予定だ」

「サリーナが黙っているかしら？」アイヴィは疑問を口にした。「彼女も麻薬取締局の捜査官よ」

キャッシュが笑った。「彼女はロドリゴとのつなぎ役を務めることになりそうだ。コルビーはサリーナに警察勤めをさせたがっている。ぼくも彼女のような部下が欲しいんだが、彼女は麻薬取締局のコッブに今度の仕事を持ちかけられて飛びついたよ」

「コルビーはサリーナに夢中なのね」

「サリーナもコルビーに夢中だ」キャッシュがため息をついた。「いつの日か、彼女もコルビーの説得を受け入れて、麻薬取締局をやめる気になるかもしれない。それまでは、コルビーが娘のバーナデットとふたりで牧場を守っていくだろう」キャッシュはいったん口をつぐんでから、ゆっくりとつづけた。

「実はレイチェルが遺した書類のなかに、ある告白文が入っていた。ボビー・カーソンを死に至らしめた麻薬は自分が与えたものだった、とレイチェルはそのなかで認めている」

アイヴィは息をのみ、ヘイズに視線を向けた。彼の顔にはなんの表情も浮かんでいなかった。「姉さんは、なぜそんな告白文を残したのかしら？」

「さあな」キャッシュが首をふった。「死を予感していたのかもしれない。レイチェルは死んでから、自分が犯した罪のつぐないをしたんだ」

「わたしについて書かれたものはあった？」

キャッシュが返事をためらった。

「何もなかった」ヘイズが静かに言った。「自分が死んだら、妹のきみがすべてを相続することになるだろうという走り書きがあっただけだ。正式な遺言書ではない。だが、麻薬密売組織の大物をゆすることの危険は、レイチェルも承知していたようだ」

アイヴィの心は重く沈んだ。もっとほかの言葉を期待していたのだ。

「嘘《うそ》はよくない」キャッシュがふいに口をはさんだ。「たとえ残酷でも、アイヴィには真実を明かすべきだ」彼はアイヴィを見つめた。「自分の身に何かあったら、麻薬取り引きの証拠は妹の手に渡ることになっている、とレイチェルは恋人に言ったようだ」

「ひどい！」アイヴィは胸が悪くなった。

「それはアイヴィが知る必要のないことだ」ヘイズが吐き捨てるように言った。

「知っておいたほうがいい」キャッシュが反論した。「アイヴィ、人間の本質は変わらない。レイチェルは故意にきみを危険な目に遭わせようとしたんだ」

「驚くほどのことじゃないわ」アイヴィは悲しげに言った。「姉さんは死ぬまでわたしを憎んでいたのよ。子供のころから、わたしの人生は地獄だった」

ヘイズが唇を引き結んだ。「きみはもう苦しまないでいいんだ。スチュアートとの結婚準備も着々と進んでいるようじゃないか」

アイヴィは思わず噴き出した。「この町で秘密を守るのは無理みたいね」

「そのとおり」キャッシュがほほえんだ。「式には我々も招待してもらえるのかな？」

「町のみんなを招待するつもりよ」アイヴィは笑顔で答えた。「わたしは駆け落ちしたかったのに、スチュアートが盛大な式を挙げると言ってきかないの」

「ぼくは結婚式が好きだ」ヘイズがにやりとした。「うまいケーキを食べられる唯一の機会だからな」

「それは言いすぎよ。バーバラのカフェでも、おいしいケーキを食べられるわ」

「職務中は、ゆっくり味わう暇がないんだ」

「ところで、わたしは組織の殺し屋に命を狙《ねら》われるのかしら？」アイヴィは急に不安になった。

「心配無用だ」キャッシュが笑みを浮かべた。「奇跡的に命をとりとめたジェリー・スミスが、検察側の証人として、組織の上層部の人間の名前を明らかにしたんだ。今朝、ニューヨークで身柄を拘束されたその人物は、貸しアパートメントに大量の覚醒剤《かくせいざい》とコカインを隠匿していた。長期刑はまぬがれないだろう。麻薬取締局も、サン・アントニオでジュリー・メリルを逮捕した。姿をくらました二名の元市会議員は、メキシコへの逃亡をはかったようだ」

「連中がメキシコへ逃げたとしても、ロドリゴがまたこっちへ送り返してくれるさ」ヘイズが笑った。

「すべてが終わってほっとしたわ」アイヴィは静かな声で言った。「長い一週間だった」

「そうだな」ヘイズも同意した。

アイヴィは考えた。弟のボビーを死に追いやったのが、ミネットではなくレイチェルだったと知ったときのヘイズの気持ちは、どんなだっただろう。彼が三年前からミネットを敵視しつづけてきたのは、そのほうが楽だったからかもしれない。

ヘイズとグリヤ署長が帰ったあと、アイヴィは招待客のリスト作りを再開した。

　クリスマスを数週間後にひかえ、アイヴィとスチュアートの結婚式が執り行われる教会は、赤と白のポインセチアで飾られていた。アイヴィは裾《すそ》の長い白のウエディング・ドレスを身にまとい、床を這うほど長いベールをかぶっていた。それは、スチュアートが高級デパートで彼女のために買ってくれたドレスだった。アイヴィは鏡に映った自分の姿に目をみはった。そして、スチュアートの妻になる幸せに頬を染め、鏡のなかの自分にほほえみかけた。

　式がはじまると、アイヴィは花婿の待つ祭壇に向かってひとりで歩いていった。父親役を務めようと申し出てくれた人もいたが、今の時代に形式を重んじる必要はないというのが彼女の考えだった。

　スチュアートはポインセチアが飾られた美しい祭壇の前に立っていた。祭壇へと進む花嫁を見つめる彼の顔には、初めてのデートに出かける少年のようにうれしそうな表情がたたえられていた。淡いブルーの瞳にも、喜びがあふれている。

　白薔薇《ばら》とすずらんのブーケを手にしたアイヴィは、祭壇の前で足を止めて花婿のほうに向きなおり、ベール越しにはにかんだ笑みを浮かべた。

　誓いの言葉を交わし、指輪の交換が行われたあと、スチュアートが美しいレースのベールを持ちあげて、新妻の顔を初めて目にした。

「きれいだよ」スチュアートはアイヴィにこのうえなく優しいキスをしてから、笑顔で言いそえた。

「ミセス・ヨーク」

　アイヴィは宙を歩んでいるような気分でほほえんだ。間違いなくわたしはテキサスじゅうでいちばん幸せな女性だと、彼女は思った。

ジェイコブズビルに住む人々は、ふたりの結婚を総出で祝ってくれた。参列者が多すぎて、教会に入りきれなかった住民が庭にあふれたほどだった。

「何事もなく式を終えられそうね」披露宴の途中で、アイヴィは小声でスチュアートに言った。

「まだ安心はできない」スチュアートはそう答え、不穏な空気を漂わせているミネットとヘイズのほうへ顎をしゃくってみせた。

「ミネットへの疑いを、ヘイズはいまだに捨てきれないのかしら？」

「というより、彼女は無実だと認めたくないのさ。おいで。ケーキを食べているところを写真に撮ってもらって、ふたりの愛を永遠に残そう」

アイヴィが頬を染め、白いウエディング・ケーキを口にすると同時に、カメラのフラッシュがまたたいた。披露宴がすむと、幸せいっぱいの新婚夫婦は、白いリムジンで空港へ向かった。

ハネムーン先のジャマイカで、アイヴィは心地よい疲労感に包まれてスチュアートの胸に抱かれていた。ホテルに到着すると、ふたりは待ちかねたようにベッドに入った。

愛の行為に関する知識は、女性誌の記事やロマンス小説から得ていたものの、文字を読んで想像するのと、実際にやってみるのとは大違いだった。

スチュアートがかき立てた官能の喜びは、アイヴィが自分でも怖くなるほど強烈だった。スチュアートは恍惚《こうこつ》としている彼女にたくみな愛撫《あいぶ》をし、甘い言葉をささやいて、さらなる高みへと導いた。

彼と一つに結ばれたときに感じた痛みは、ごくわずかなもので、情熱の高まりとともに消えてしまった。アイヴィはつのりゆく快感に身を震わせながら、極限まではりつめた状態から解放される瞬間を待った。やがて、たとえようもない歓喜が大波のように押し寄せてきた。アイヴィはスチュアートにつらぬかれながら、背を弓なりにそらし、たまらずに声をあげた。

　スチュアートは彼女と至福の喜びをわかち合ったあと、精根つきたように彼女の体に覆いかぶさった。アイヴィはめくるめく愛の余韻に浸りながら、彼を優しく抱きしめた。

　しばらくしてスチュアートが顔をあげ、新妻のうるんだ目を見た。「どうやら、きみを失望させてしまったようだな。次は焦らずに、たっぷり時間をかけると約束するよ」

「わたしが、失望した？」

「そうじゃないのかい？」

「とんでもないわ！」アイヴィは息を弾ませて言った。「気が遠くなるくらい、すばらしかった」

　スチュアートがくすくす笑った。「予想以上に喜んでもらえたみたいだな」そう言って、妻のまぶたに唇を押しあてる。「本当は、もっとゆっくり愛し合うつもりでいたんだが、長年の夢がかなった喜びに我を忘れてしまった。きみ以外の女性を抱く気になれなくて、一年あまり禁欲生活を続けた反動だな。今夜は、つい自制心を失ってしまった」

　アイヴィは満ちたりた思いで、なかば目を閉じ、すんなり伸びた脚を夫の脚にからませた。「わたしはこのうえなく満足しているわ」

「痛くなかったかい？」

「少しだけ。でも、痛みはすぐに忘れたわ」

　スチュアートが新妻の下唇に軽く歯を立てた。

「ぼくはテクニシャンだからな」

　アイヴィは口元をほころばせ、夫の脇腹《わきばら》にパンチをお見舞いした。「あなたは最高よ、と言いたいところだけれど、自分のことに夢中だったから、よく覚えてないの」そこで夫を見あげ、男らしい胸に指を這わせる。「だから、もう一度抱いてくれる？」スチュアートがアイヴィの口元に唇を寄せてささやいた。「喜んで」

翌日、ふたりは仲良く手をつなぎ、白い波が打ち寄せる砂浜を歩いた。

アイヴィは上半身裸になった夫の肩に頭をもたせかけ、そこに唇を押しあてた。「わたし、あなたを愛してるって言ったかしら？」

「ああ」スチュアートはアイヴィを抱き寄せ、グリーンにきらめく瞳をのぞきこんだ。「だが、ぼくはまだ言っていない」彼は真剣な顔をして、妻の頬を指でなぞった。「二年前から、ぼくはきみを愛していた。もちろん、今もそうだ。この気持ちは永遠に変わらないだろう」

その言葉はアイヴィの心を揺さぶった。感動するあまり、彼女の胸はいっぱいになった。「本当に？」

「ああ」スチュアートは彼女のまぶたにキスをして、目を閉じさせた。「朝食をとって、散歩を楽しんだあと、ミセス・ヨークは何がお望みかな？」

アイヴィは小悪魔めいた笑みを浮かべ、夫の耳元でささやいた。

スチュアートが両眉をつりあげた。「実は、ぼくも同じことをしたいと思っていたんだ」

アイヴィは唐突に身を引いて、笑いながらホテルに向かって駆け出した。スチュアートも笑い声をあげながら、走って妻のあとを追った。

それから長い年月が過ぎても、アイヴィがジャマイカの浜辺での出来事を口にするたびに、スチュアートは懐かしげな笑みを浮かべた。あのときはまだ、ふたりで歩む長い人生がスタートしたばかりだった。

当時をふりかえりながら、アイヴィは思った。わたしの人生において、あれがいちばん幸せな朝だった、と。

ハーレクイン®

口づけの行方

2016年7月20日発行

著　　者　ダイアナ・パーマー
訳　　者　氏家真智子（うじいえ　まちこ）

発 行 人　立山昭彦
発 行 所　株式会社ハーパーコリンズ・ジャパン
東京都千代田区外神田 3-16-8
電話 03-5295-8091（営業）
0570-008091（読者サービス係）

印刷・製本　大日本印刷株式会社
東京都新宿区市谷加賀町 1-1-1

ISBN978-4-596-51716-6 C0297

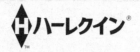

7月28日発売

ハーレクイン・シリーズ 8月5日刊

ハーレクイン・ロマンス

愛の激しさを知る

秘密を抱いたエメラルド	スーザン・スティーヴンス／片山真紀 訳	R-3178
スペイン大富豪の完璧な妻	ミシェル・スマート／井上絵里 訳	R-3179
白薔薇に秘めた想い (7つの愛の罪Ⅶ)	サラ・クレイヴン／朝戸まり 訳	R-3180
拾われた家庭教師	リンゼイ・アームストロング／水月　遙 訳	R-3181

ハーレクイン・イマージュ

ピュアな思いに満たされる

9カ月目の赤い糸	マリー・フェラレーラ／庭植奈穂子 訳	I-2429
偽りの義妹	フィリス・ホールドーソン／後藤美香 訳	I-2430

ハーレクイン・ディザイア

この情熱は止められない！

すり替わったフィアンセ (地中海のシンデレラⅣ)	キャット・キャントレル／土屋　恵 訳	D-1717
億万長者の残酷な求婚	モーリーン・チャイルド／八坂よしみ 訳	D-1718

ハーレクイン・セレクト

もっと読みたい "ハーレクイン"

エンジェル・スマイル	シャロン・ケンドリック／久坂　翠 訳	K-415
真夏のシンデレラ	サリー・ウェントワース／三木たか子 訳	K-416
百万分の一の奇跡	レベッカ・ウインターズ／柴田弘子 訳	K-417

ハーレクイン・ヒストリカル・スペシャル

華やかなりし時代へ誘う

ハイランダーの美しき獲物	テリー・ブリズビン／深山ちひろ 訳	PHS-140
エマと伯爵	ポーラ・マーシャル／宮沢ふみ子 訳	PHS-141

※予告なく発売日・刊行タイトルが変更になる場合がございます。ご了承ください。

ハーレクイン・シリーズ
おすすめ作品のご案内
8月5日刊

愛の復活

離婚成立目前に大富豪の夫からの挑発が……。

障害を持つ子供の施設への融資に奔走するシャーロットの前に、別居中の夫が現れた。期間限定で彼のベッドに戻り、妻の役割を果たせば彼女の苦境を助けると言うが……。

ミシェル・スマート
『スペイン大富豪の完璧な妻』

◉R-3179　ロマンス

7つの愛の罪

植えつけられた強欲の罪

名門ラティマー家の血をひきながら、“愛人の子”として顧みられなかったデイナは17才で屋敷を追われる。それから7年、彼女を追いだした張本人ザックと再会するが……。

サラ・クレイヴン
『白薔薇に秘めた想い』
〈7つの愛の罪 Ⅶ〉

◉R-3180　ロマンス

名作

過酷な生い立ちの彼女を待ち受ける運命……。

大伯母から家政婦同然の扱いを受けてきたアン。ついに逃げ出すが運命のいたずらで別人“アンジェラ”と誤解され、アンジェラの義兄マシューの豪邸で暮らすことに……。

フィリス・ホールドーソン
『偽りの義妹』

◉I-2430　イマージュ
※L-124『仮面の花嫁』(サンリオ社刊)を新訳改題

ロイヤル

セクシーな彼は双子の兄弟!?

地中海の小国アルマの王女ベラは、政略結婚を命じられ憂鬱な気分で母国に帰る。砂浜で魅力的な男性ジェームスの胸に倒れ込んでしまい、一瞬で惹かれるが……。

キャット・キャントレル
『すり替わったフィアンセ』
〈地中海のシンデレラ Ⅳ〉

◉D-1717　ディザイア

愛なき妊娠

大富豪との愛なき妊娠

ハンサムなボスに雇われたアーニャは、同じホテルで過ごすうちに一夜を共にしてしまう。しかし妊娠する可能性を知った彼に、冷酷に故郷へ送り返されてしまい……。

モーリーン・チャイルド
『億万長者の残酷な求婚』

◉D-1718　ディザイア

※予告なく発売日・刊行タイトルが変更になる場合がございます。ご了承ください。